Beate Rygiert

*Der Nomade*

Beate Rygiert

# *Der Nomade*

Roman

Claassen

Claassen Verlag
Claassen ist ein Verlag der Ullstein Buchverlage GmbH

ISBN: 3-546-00360-8



Satz: Franzis print & media GmbH, München
Druck und Bindung: Clausen & Bosse, Leck
Printed in Germany

*Für Daniel*
*und alle,*
*deren Leidenschaft es ist, unterwegs zu sein,*
*aus der Dunkelheit*
*in die Dunkelheit*

# I

Ich, Bruder Sebastião vom Kreuz, im Jahr des Herrn 1460, schreibe dies zur Erinnerung an meinen gnädigsten Herrn Dom Henrique, genannt der Seefahrer, dritter Sohn des Königs João des Ersten, zum Gedenken an sein Leben und Wirken, seine Worte und Taten, unsere Freundschaft und Liebe. Und mögen auch viele mich nicht für würdig halten, diese Geschichte aufzuschreiben, sich fragen, warum gerade meine Hand, die viele Jahrzehnte die Buchmalereien in den Schriften unseres Klosters schuf, warum ausgerechnet sie zur Feder greift, um zu notieren, womit der berühmte Chronist Azurara von allerhöchster Stelle beauftragt wurde – ich habe meine Gründe. Denn wenn einer Dom Henrique kannte, dann Sebastião mit der Schattenhaut, Sebastião der Afrikaner, wie sie mich nannten und manchmal auch heute noch nennen, von dem es einst hieß, Frauen könnten bei ihm die Beichte nicht ablegen, ohne sich gleichzeitig sündigen Gedanken hinzugeben. Manche hielten mich für einen Engel, wieder andere für einen Teufel, wie sehr ich Mensch war, das erkannte Dom Henrique. Ich werde einen Heiligen aus dir machen, sagte er einmal zu mir, niemals gab er zu, auch nicht auf seinem Sterbebett, dass es ihm nicht gelungen war.

Azurara wird seinen Auftrag trefflich erfüllen. Er ist fleißig und gibt sich die allergrößte Mühe, befragt Männer, die für den Dom die Schiffe führten, studiert Aufzeichnungen und Schriften aller Art – die Wahrheit aber wird man in seiner Chronik nicht finden.

Was ist Wahrheit, hat mich der Prinz einmal gefragt, sein feines Lächeln hinter den rauen Zügen gut verborgen, man musste vertraut sein mit ihm und seiner Art, um sein Lächeln zu erkennen, man musste viel Zeit an seiner Seite verbringen, um ihn auch nur einmal leise lachen zu hören. Was ist Wahrheit, mein lieber Sebastião?

Wenn selbst unser Herr Jesus Christus auf diese Frage hin schwieg, entgegnete ich damals schlau, wie soll, Herr, ein einfacher Mönch Euch darauf Antwort geben?

Aber ich schweife ab. Meine Hand kritzelt spottende kleine Ungeheuer an den Rand des Blattes. Was hast du dir vorgenommen, alter Mönch, warum bleibst du nicht bei deinen Leisten und bevölkerst die Schriften der Kopisten mit unseren Bildern? Das scheinen sie mich zu fragen, und schon erstehen die Züge meines

Herrn, Bruder, so sprechen sie zu mir, warum hast du mich verraten?

Jeder Heiland braucht einen Judas. Azurara zeichnet das Bild eines wahren Christus, also bin ich bereit, sein Judas zu sein. Ja, Herr, ich habe Euch verraten, so wie ich mich selbst verraten habe, mich und die Meinen, mein Land, meine Jugend und meine Hoffnung, denn ich bin nicht Frão Sebastião, ich bin nicht der Mönch, für den mich alle halten, und Ihr, Herr, tragt die Schuld an dieser Lüge.

Aber wer bin ich? Wie soll ich das noch wissen nach all den Jahren? War ich nicht Idrisa, ein Sohn der stolzen Imajaghen, der »Freien Menschen«, als deren einer ich geboren wurde, dort, im fernen Land? Nein, der bin ich schon lange nicht mehr. Idrisa ist gestorben, weil er das Meer sehen wollte, weil er nicht weglief wie seine Vettern, weil er die Furcht nicht kannte oder nicht kennen wollte, es gibt nichts, hatte sein Vater Khada ihn gelehrt, vor dem ein Imajaghen sich fürchten muss, und so blieb ich stehen, als die Schiffe sich näherten, auch wenn ich damals nicht wusste, dass es Schiffe waren, sondern an ein Wunder glaubte, an die Erscheinung des Propheten, von der meine Tanten oft sprachen hinter vorgehaltener Hand, denn mein Vater durfte nicht wissen, dass sie den fremden Glauben angenommen hatten und zu Allah beteten. Meine Mutter war vom Stamm der Masufa, und von ihr habe ich die hochgewachsene, schlanke Gestalt und die helle leuchtende Haut, die Augen in der Farbe von wildem Honig, Brauen wie mit dem Pinsel gezogen, den Mund wie Beeren. Ich sehe sie noch vor mir, sehe ihr Lächeln, atme ihren Duft, spüre ihre Wärme, höre das Klimpern ihrer Ohrgehänge, wenn sie ihren *alechu* über die Schulter warf, das Klirren des Silberschmucks mit den blauen Steinen, den ihr mein Vater zur Hochzeit geschenkt hatte. Akh'bala, Tochter der Besidra, sie war die schönste Frau in meinem ganzen Leben, und ihrer Schönheit wegen hat mein Vater sie geheiratet, obwohl sie eine Masufa war und er vom Stamm der Kel Kres, die sich seit Jahrhunderten weigerten, irgendeinen fremd dahergekommenen Glauben anzunehmen oder gar Fürsten anzuerkennen, die nicht aus ihrer Mitte stammten, das freie Leben der Wüste führen die Imajaghen seit Generationen und bekämpfen alles und jeden, der ihnen dieses Recht streitig machen will. Sie sind auch heute noch gefürchtet, die blauen Reiter der Wüste, auf ihren Kamelen durchqueren sie die tödlichen *tinariouin,* das weite, leere Land. Wo jedes andere Leben unweigerlich zugrunde geht, dort finden sie den richtigen Weg, verborgene Speicher mit Wasser, das nötige Alamos-Gras für ihre Tiere. Sie trinken die Milch der Kamelinnen, das ist oft ihre einzige Nahrung, sie fürchten weder die Herrschaft der Sonne noch die der Stürme, die innerhalb von wenigen Stunden die Landschaft völlig verändern, mannshohe Dünen aufwerfen, wo gerade noch ein gangbarer Weg vor ihnen lag. Ich bin mit ihnen gereist, ich kannte dieses Leben.

Als ich acht Jahre war, holte mich mein Vater aus dem Zelt meiner Mutter, du machst ein Mädchen aus ihm, sagte er, es wird Zeit, dass ihn jemand zum Mann erzieht, und so nahm er mich mit auf meine erste Karawane.

Wir brauchen keine fremden Götter, sagte Khada, mein Vater. Wir brauchen keine Religionen, keine Gelehrten und keine *zwyia*, die uns den Zehnten abpressen, sagte er. Die Araber nennen uns Tuareg, das heißt in ihrer Sprache »die von Gott Verlassenen«, aber sie irren sich. Wir haben unseren Gott, Gott ist in der Wüste, denn die hat er geschaffen, um einen Ort zu haben, an dem er ganz für sich allein sein kann. Dieser Prophet mit seinen Lehren ist etwas für Feiglinge, für die, die in der Wüste vor ihrem eigenen Schatten zu Tode erschrecken. Die Wüste hat ihre eigenen Gesetze. In der Wüste bist du dein eigener Engel oder Teufel. In der Wüste findest du deinen Gott in dir, oder du gehst zugrunde.

Gottloses Gerede, sagten die *zwyia* der Masufa.

Gottloses Gerede, sagte Dom Henrique.

Ich war der Erste, den sie von Afrikas Küsten herüberbrachten. Was macht ein Sohn der Imajaghen an der Küste? Hatte mich das Schicksal ausgerechnet an jenem Tag dorthin geführt? Oder Gottes Fügung, wie Dom Henrique hartnäckig behauptete?

Es war die Belohnung für vier Jahre harter Arbeit.

Vier Jahre lang war ich mit den Karawanen gereist. Von Sidjilmasa bis Bilma, wo wir Hirse aus dem Süden tauschten gegen Salz und Datteln, hinab bis Timbuktu, wo die schwarzen Völker auf das kostbare Salz warteten und mit Goldstaub bezahlten oder mit Sklaven, dann hinauf, wo die Wüste an die Reiche der Kalifen grenzt, denen man nicht genug Gold und Sklaven bringen konnte. Wenn ich hier sitze in meinem steinernen Käfig, dann erscheinen mir die Bilder von damals wie gaukelnde Täuschungen aus einer anderen Welt, wie die Spiegelungen der Luft in der Wüste. Damals kannte ich keine Mauern. Mein Blick reichte bis zum Horizont, zu den Sternen. Wir durchquerten die *tinariouin* mit unseren Karawanen auf unzähligen Wegen. Im Grunde gab es keine Wege, es gab die Richtung, die Brunnen, die Oasen. Den Weg dazwischen, den fand der *madugu*, der Führer der Karawane, und keiner außer ihm wusste, wie er das machte.

Zum *madugu* bist du geboren oder du bist es nicht, sagte Khada, mein Vater, der berühmteste *madugu* der Kel Kres. Er hielt die Richtung auch noch im Wirbelsturm, wenn sich die Wüste in die Lüfte erhob und unbekannte Vögel tot vom Himmel fielen. Er hat die Richtung im Blut, sagten die anderen, die sich gerne unserer Karawane anschlossen, denn sie wussten, mit Khada gelangte man ans Ziel, egal, was unterwegs geschah. So waren es viele Hunderte Kamele, die Khadas Leittier folgten, manchmal auch mehr als tausend.

Niemand ist so einsam wie der Führer der Karawane. Immer geht er allein voraus, das Leitkamel am Zügel führend. Selten stieg mein Vater auf sein treues *mehari* und dann nur für kurze Zeit. In der Wüste brennt am Tag die Sonne, und wenn sie hinter dem Horizont verschwindet, wird es ganz plötzlich dunkel und kalt, so kalt, dass auch der erschöpfteste Karawanier aus dem Sattel springt, um sich im Gehen aufzuwärmen.

Gehen. Eine Karawane bedeutet endloses Gehen. Zu Anfang, während meiner ersten Reise, fiel ich manchmal einfach hin und erwachte festgebunden auf dem Kamel meines Vaters. Er ist zu jung, sagten die Männer verächtlich. Aber ich biss die Zähne zusammen.

Lange vor Tagesanbruch, ich hatte mich gerade erst im Windschatten der Kamele schlafen gelegt, so schien mir, wurde ich wieder wachgerüttelt. Ich war der Karawanenlehrling, und der musste unter den Ersten sein am Morgen. Zitternd vor Kälte und Müdigkeit holte ich Hirse aus einem Sack und stampfte sie im Mörser für den Frühstücksbrei der Männer, *eralé teyni*, Hirse mit getrocknetem Käse und Datteln, mit Wasser vermischt, solange der Vorrat reichte, danach gab es nur noch Kamelmilch. Ich war groß für mein Alter, das Erbe meiner Mutter, und wuchs immer noch, so gab mir mein Vater hin und wieder eine getrocknete Dattel, lehrte mich, sie einzuspeicheln und stundenlang auf ihr herumzukauen, Kraft für viele Stunden aus dieser einen Dattel zu ziehen. Kein Wunder also, dass ich im Fasten allen Mönchen ein Vorbild bin, mir reicht die

Hostie am Morgen für den ganzen restlichen Tag, keiner zieht aus ihr die Segen der körperlichen und geistigen Nahrung wie ich – schließlich gibt es im Kloster selbst in der Fastenzeit Wasser im Überfluss.

Und niemand versteht hier wirklich zu gehen.

Wir gingen aus der Dunkelheit in die Dunkelheit. Wir gingen eine weite Strecke, ehe die Sonne über den Rand der Erde kroch. Wir gingen mit ihr den ganzen Tag ohne Rast, ohne Halt, außer wir kamen an einen Brunnen oder erreichten unser Ziel. Wir gingen weiter, auch wenn die Sonne sich bereits von der Erde verabschiedet hatte und die Dunkelheit über die Wüste fiel wie ein kalter Schrecken. Die Männer fürchteten diese Stunde, es ist die Stunde der Kel Essouf, der Geister verstorbener Karawanier. Anzukommen war alles andere als selbstverständlich, und oft fanden wir Überreste von Menschen und Kamelen, ausgebleichte Knochen und verdorrte Leiber, wenn man sie berührte, zerfielen sie wie Asche. Die meisten aber fand man gar nicht, die Wüste hatte sie begraben, nur ihre Geister wehten durch die Nacht, und die Abschiedsstunde der Sonne war ihre bevorzugte Zeit. Dann lockten sie Reisende in die falsche Richtung, erfüllten die Herzen mit Angst und Schrecken oder mit der wilden Freude, über die Sandberge zu laufen, in der Hoffnung auf einen Brunnen, ein bisschen Wasser, ein Tier, das man jagen und erlegen könnte. Ich habe es selbst erlebt, ich sah ganze Rudel von wilden Antilopen, ich hörte sogar den dumpfen Klang ihrer Hufe auf dem Sand. Und ich hörte das Heulen der Kel Essouf, dass mir die Zähne vor Angst aufeinander schlugen, hörte ihr Jammern und Klagen, und es dauerte lange, bis ich mich nicht mehr vor ihnen fürchtete.

Sie wollen, dass du so wirst wie sie, sagte Khada, mein Vater, legte den Arm um mich, und so gingen wir weiter hinein in die Nacht. Und als am nächsten Morgen der Tag anbrach, drückte er mir das Seil in die Hand, hier, sagte er, jetzt bist du der *madugu*.

In der Wüste machst du einen Fehler nur ein einziges Mal, sagte Khada. Du hast nicht die Möglichkeit, etwas auszuprobieren, wenn du nicht enden willst wie die Kel Essouf. Ein Fehler in der Wüste führt zum sicheren Tod, und der Fehler eines *madugu* bedeutet das Ende der ganzen Karawane. Er ging neben mir her, ich fühlte, dass er mich auf die Probe stellte, wartete darauf, dass er mir erklärte, was einen guten *madugu* ausmacht, dass er mir verriet, wie es ihm gelang, immer untrüglich die Richtung zu halten. Aber er schwieg. Ich sah nach vorn, tastete den Horizont mit meinen Augen ab, erkannte ein fernes Blinken, ein feines Glitzern und hielt darauf zu. Khada sagte nichts. Dann war das Glitzern verschwunden, tauchte wieder auf, verschwand und verwandelte sich in einen dunklen Fleck.

Als wir die Stelle erreicht hatten, war da nichts als ein Stein, dunkelgrau und unscheinbar wie alle anderen auch, ich war einem Reflex der Sonne gefolgt, nun musste ich mir ein neues Ziel suchen. Der Sand war in feinen Wellen geriffelt, ich konzentrierte mich darauf, immer im selben Winkel zu diesem Muster zu gehen, zu fühlen, ob der Wind sich drehte, den Stand der Sonne hoch über unseren Scheiteln zu verfolgen. Wir gingen und gingen, schweigend, hinter mir sechshundert Kamele und fast so viele Männer, schwer beladen mit Waren, Futterreserven und Wasserschläuchen, manchmal hörte ich ein entferntes Singen, das Schnauben eines Kamels, das helle Lachen eines der unzähligen Jungen, Karawanenlehrlinge wie ich. Ich war der Jüngste, und ich hielt die Zügel des Leittiers, manches Mal blieb Khada ein paar Schritte zurück, mein Blick war fest auf den Horizont gerichtet, aber meine anderen Sinne dehnten sich aus in alle Richtungen: in meinem Rücken die Karawane, über mir der Himmel, unter mir die Tiefen der Erde. Und da fühlte ich es zum ersten Mal, spürte die Verbindung zwischen Himmel und Erde, zwischen Ausgangspunkt und Ziel, und mich selbst eingespannt in den Kosmos der Wüste, eingestellt auf ein Ziel, das da vorne lag, solange Khada nichts sagte, lag es da vorn. Und dann war mir, als könnte ich die Augen schließen und dennoch die Richtung halten, könnte gehen und gehen und sicher wie eine Kugel, die angestoßen wurde, meinem Lauf unfehlbar folgen.

Da stolperte ich und fiel hin.

Beschämt sprang ich auf die Füße. Die Zügel des Leitkamels waren mir aus der Hand geglitten. Ich wagte nicht, meinem Vater in die Augen zu sehen. Er aber wirkte zufrieden, klopfte mir den Sand vom *te-kamist* und sagte: Gut gemacht, Idrisa, mein Sohn. Du hast es gespürt. Wer weiß, vielleicht wird aus dir einmal ein echter *madugu*.

Khada, was ist aus dir geworden? Schon lange führst du nicht mehr die Karawanen der Kel Kres. Wenn du überhaupt noch auf dieser Erde weilst, dann bist du ein sehr alter Mann. Deinen Sohn hast du verloren, vielleicht hat dir meine Mutter noch andere Söhne geboren, vielleicht auch eine andere Frau, einen, der die Richtung halten kann, einen würdigen Nachfolger für dich und deinen Erstgeborenen, der mit zwölf Jahren seine erste Karawane führte, selbständig, auch wenn du immer hinter ihm warst, denn einen Fehler macht man in der Wüste nur ein einziges Mal, und das Leben so vieler Männer setzt man nicht leichtfertig aufs Spiel. Aber Idrisa, Khadas Sohn, machte seine Sache gut, und am Ende bekam er zwei Dinge, die er sich mehr wünschte als sein Leben.

Jetzt bist du erwachsen, sagte Khada, als er mich in die indigoblauen Gewänder eines Imajaghen kleidete. Fast schwarz glänzte der kostbare *tagelmoust*, den er mir zum ersten Mal eigenhändig ums Haupt wand. Dann überreichte er mir feierlich den kleinen scharfen *telek*, den Dolch mit dem Silbergriff, den schon mein Großvater und dessen Vater und weit zurück in die alten Zeiten ein jeder Erstgeborene unserer Familie getragen hatte. Ein großer roter Rubin ist auf beiden Seiten des Griffes eingelassen, umrahmt von Ornamenten und Zeichen, ein jedes mit seiner eigenen Bedeutung. Dies geschah beim jährlichen Clanfest, zu dem die gesamte Sippe zusammenkam, wenn die Zelte rund um die Oase von Djangelmast reichten, so weit das Auge schauen konnte. Die jungen Krieger vollführten auf ihren *mehari* verwegene Reiterkämpfe, trillernd schrillte ihr Krikri durch die Luft, Frauen und Männer sangen in tagelangen Wettbewerben, die Trommler aus dem Osten brachten die Wüste zum Beben. Stolz ging ich in meiner neuen Männerkleidung durch die Reihen der Zelte, unter ihren bunt gewobenen *alechus* lachten neugierige Mädchengesichter hervor, das Leben lag vor mir, in ein paar Jahren würde ich eine eigene Familie gründen. Dachte ich. Aber da war mein zweiter Wunsch, der jedermann erstaunte. Ich wollte das Meer sehen. Khada war dagegen. Dorthin war selbst er noch nie gereist.

Am Meer, da leben die Mauren mit all ihren Sippen und Stämmen, die Anhänger Mohammeds, Khada spuckte in den Sand, wenn er nur an sie dachte. Wäre es allein nach Khada gegangen, er hätte es mir nicht erlaubt.

Ein Imajaghen braucht das Meer nicht zu sehen, sagte er, sein Platz ist die Wüste, sie soll auch dir genügen. Aber meine Mutter verstand mich, sie war es gewesen, die mir vom Meer erzählt hatte, eine Wüste aus Wasser, sagte sie, blau wie der Himmel, gewellt wie der Sand, so weit du nur schauen kannst, Wasser. Seit ich auf der Welt war, lebte ich in der Sehnsucht nach dieser Wüste aus Wasser. Seine Vettern leben dort, sagte meine Mutter. Schließlich willigte Khada ein.

Es geschah im Jahr 1418 nach der Zeitrechnung der Christen. Bei den Imajaghen werden die Jahre anders gezählt. Es sind die dürren Jahre oder die besonders fruchtbaren, die außergewöhnlichen Sandstürme oder die Kämpfe zwischen den Clans, die als Orientierungspunkte in der Wüste der Zeit dienen. Dass ich damals zwölf Jahre alt war, weiß ich von meiner Mutter, die das Alter ihrer Kinder mit der Wiederkehr des Clanfestes zählte und alles aufschrieb, was ihr wichtig schien. In unserem Volk ist das Lesen und Schreiben Sache der Frauen, so wie das Dichten und Musizieren. Töchter lernen von ihren Müttern die Geschichten unserer Vorfahren, die Lieder unserer Helden und das Zeichnen der Buchstaben in den Sand. Unsere Sprache ist das Tamasheq, und unsere Schrift nennen wir Tifinagh. Als ich klein war und mit meiner jüngeren Schwester im Zelt meiner Mutter blieb, wenn Khada auf Reisen ging, da setzte sie sich über die Sitten hinweg und brachte heimlich auch mir das Lesen und Schreiben bei, und nicht nur das Tifinagh, sondern auch die arabischen Buchstaben, damit ich einmal die Schriften der gelehrten *zwyia* und den Koran würde lesen können. Ich war geschickt darin, die verschiedenen Zeichen zu lernen, ich liebte es, meine Schwester dadurch zu verwirren, dass ich jedes Mal in eine andere

Richtung schrieb, denn unsere Schrift kann man von links nach rechts, von rechts nach links, von oben nach unten oder von unten nach oben schreiben. Die vier Richtungen sind heilig, sagte meine Mutter, und hier, im Kloster zum Heiligen Kreuz, verwirrte ich anfangs die Kopisten nicht minder damit, im Schreiben die Richtung zu wechseln wie ein Vogel seinen Flug.

Das war es, was meinen Vater erzürnt hatte und mich so jung zur Karawane brachte. Lesen und Schreiben war Frauensache, aber was ich gelernt hatte, das vergaß ich nicht, und später wurde mir diese Gabe zum Segen. Oder war sie eher ein Fluch? Nichts ist, was es zu sein scheint, wie in der Wüste, wo du kaum etwas weniger trauen kannst als deinen Augen.

Ich hätte es wissen müssen. Dort, damals, am Meer. Aber ich war geblendet von dieser neuartigen Weite und der Frage, was wohl dahinter liegt, dieselbe Frage, die ich mir als Kind schon in der Wüste gestellt hatte, was wartet hinter diesem und was hinter dem nächsten Sandberg auf mich, Idrisa, Khadas Sohn?

Auf meinem weißen *mehari*, dem Geschenk meines Onkels, dem Schwager meiner Mutter, schaute ich weit hinaus auf das Meer, roch den fremden Geruch und schmeckte den klebrigen Wind. Und dann sah ich es. Sah zuerst ein weißes Schimmern wie damals, als ich zum ersten Mal das Leittier führte und am Horizont ein heller Fleck mir die Richtung wies, sah es für kurze Zeit verschwinden, dann wieder erscheinen und größer werden. Ich saß still, doch der Fleck wurde größer, aus einem wurden zwei, da entdeckten es endlich auch meine Vettern, schrien auf und fuchtelten mit den Armen.

Ein riesiger Vogel, schrie Jela, wendete sein Kamel und stürmte davon.

Ein weißer Kel Essouf, rief Zoso und folgte seinem Bruder.

Ich glaubte weder an das eine noch an das andere, ich wollte wissen, was da über das Meer dahergeflogen kam, ein Imajaghen kennt keine Furcht, meine Rechte lag auf dem Knauf meines *telek*, meine Linke hielt die Zügel des Kamels.

So wartete ich. Sah die weißen Flecken näher kommen, Gestalt annehmen, sah den dunklen Leib des Schiffes darunter, ohne dass ich es hätte benennen können, niemals in meinem ganzen Leben hatte ich etwas Ähnliches gesehen. Dieses Ding flog über das Wasser auf mich zu, als hätte ich es gerufen, und vielleicht hatte ich das auch mit meinen Gedanken und Wünschen. Dann war es so nah, dass ich erkennen konnte, es war eine Art Gefährt, auf dem sich seltsame Wesen befanden, Wesen, die schimmerten und glänzten, als kämen sie aus einer anderen Welt.

Ein Junge, der in der Wüste aufwächst, ist mit Trugbildern und Luftspiegelungen vertraut. Lass dich nicht verwirren, hörte ich meinen Vater sagen, bleib ruhig, lass dich nicht locken und nicht in wilde Furcht versetzen. Und so blieb ich sitzen, hoch oben auf meinem neuen *mehari*, umfasste den Griff meines Dolches und wartete ab. Lange musste ich nicht warten. Die Wesen unter den weißen Flügeln versammelten sich, gestikulierten, zeigten herüber zu mir, da gab es keinen Zweifel. Dann ließen sie ein kleines Boot zu Wasser, einige stiegen hinein und ruderten an Land.

Was habe ich erwartet? Dass sich die Prophezeiungen meiner Tanten erfüllten und göttliche Boten kamen, um Antworten zu bringen auf die Fragen meines jungen Herzens?

Ja, genauso war es, sagte Dom Henrique später, auch wenn du damals den wahren Gott und seine Boten noch nicht kanntest, Gott hat dein Rufen vernommen und meine Leute zu dir geschickt.

War es das? Gab es tatsächlich Fragen, die die Wüste nicht beantworten konnte? Ich weiß es nicht. Es gab Zeiten, da dachte ich das eine, und andere, da dachte ich das Gegenteil.

Heute, da ich seit Jahrzehnten unter den Portugiesen lebe, versuche ich mir vorzustellen, was sie damals sahen: ein leeres, weites Land hinter der Küste, eine reglose blaue Gestalt, ganz und gar verhüllt, auf einem großen strahlend weißen Tier mit langem, geschwungenem Hals und einem Höcker auf dem Rücken – beides, Tier und Reiter, war anders als alles, was sie jemals gesehen hatten.

Es war im Jahr des Herrn 1418. Infant Dom Henrique hatte ein Schiff ausgesandt, um die afrikanische Küste zu erkunden. Sie waren bis zum Kap gelangt, das sie Bojador nannten, und dann umgekehrt. Weiter geht es nicht, sagten sie, die Welt ist dort zu Ende, aber um nicht mit leeren Händen heimzukehren und den Infanten zu erzürnen, suchten sie nach einem Geschenk für ihn. Da sahen sie die blaue Gestalt eines seltsamen Reiters regungslos am Ufer.

## 2

Wohl dem, der Dom Henrique eine Freude bereitete, er hatte sein Leben lang keine Sorgen mehr. Aber es war nicht leicht, diesen strengen Mann zu erfreuen, es war leicht, ihn zu erzürnen, und wenn er sich auch wohl zu beherrschen verstand, so war ihm sein Unmut so deutlich ins Gesicht geschrieben, dass Worte nicht nötig waren. Geh mir aus den Augen, und geh mit Gott, das war das Schlimmste, was er einem Menschen sagen konnte, er wurde dabei niemals laut oder heftig, das war nicht nötig. Wer Henrique ernsthaft enttäuschte, der brauchte nicht mehr bei ihm vorzusprechen, das war allgemein bekannt.

Oft habe ich mich gefragt, wie mein Herr zu dem wurde, der er war. Ist es so, wie mein Vater sagte, man wird zum Führen geboren oder man wird es nicht? Auch wenn Henrique nie darüber sprach, so bin ich mir sicher, es schmerzte ihn von seiner Geburt an bis hin in den Tod, dass er als Drittgeborener wohl niemals ein Anrecht auf den Thron haben würde. Was also anfangen mit all seinen Gaben? Portugal war ein kleines, seit kurzer Zeit erst unabhängiges Land, die Kriege gegen das Haus Kastilien hatten es ausgezehrt, die Menschen waren arm.

So schaute Henrique hinaus auf das Meer, und wenn ihm manche dies als Träumerei auslegten, so irrten sie sich, und sie irrten sich lange.

Da draußen ist eine Welt, die auf uns wartet, pflegte er zu sagen. Wir werden die Ersten sein und uns die Vorherrschaft über diese Welt sichern, ehe es andere tun.

Man lachte über ihn. Schüttelte die Köpfe. Das Meer war und blieb das große Unbekannte, das man mied und fürchtete. Die Welt war dort hinter dem blau verhangenen Horizont zu Ende, dessen war man sich sicher.

Aber da waren die Karten. Von Afrika wusste man, dass es sich weit nach Süden hinunter erstreckte. Wie weit? Darüber stritten die Gelehrten. Es gab die Karten, ja, aber jede zeigte etwas anderes, nicht eine stimmte mit der anderen überein, man wurde nicht schlau aus ihnen, auf der einen waren weit draußen im Atlantik Inseln eingezeichnet, auf anderen fehlten sie, dafür wölbte sich auf ihnen der afrikanische Kontinent auf wie der Bauch einer schwangeren Frau. Dann gab es Karten, die die gefährlichen Enden der Welt verzeichneten, furchterregende Ungeheuer bewachten sie und verschlangen jedes Schiff, das sich zu weit in diese Breiten vorwagte.

Und diese Furcht ließ die Seeleute nicht los. Henrique aber war zäher als diese Furcht. Was er sich in den Kopf gesetzt hatte, daran hielt er fest, wie damals, als er mit seinen achtzehn Jahren erst seine Brüder und dann mit ihrer Hilfe seinen Vater von der Idee überzeugte, den maurischen Stützpunkt Ceuta im Norden Afrikas, gegenüber Gibraltar, zu überfallen. Aber wir haben nicht einmal eine Flotte, soll der erstaunte König geantwortet haben. Er träumte davon, wie in den guten alten Zeiten ein großes Turnier auszurichten, gekrönte Häupter aus ganz Europa einzuladen, um die neue Freundschaft mit Kastilien zu feiern und seinen Söhnen die Gelegenheit zu geben, sich im Kampf als Ritter zu beweisen.

Die Prinzen aber hatten andere Pläne. Sie wollten den richtigen Kampf, keine ritterlichen Spiele.

Wenn wir keine Flotte haben, sagte Henrique, dann lasst uns eine bauen. Wir müssen der Welt unsere Stärke zeigen, und was wäre dazu geeigneter, als das Kreuz zu den Ungläubigen zu tragen?

Die Wahrheit war, Portugal besaß damals keinerlei Stärke. Und dass es Henrique tatsächlich gelang, innerhalb von zwei Jahren eine taugliche Flotte aufzubauen, das spricht für seinen starken Willen, den er wie kein anderer auf die Menschen um ihn übertragen konnte. Ich weiß, wovon ich spreche, und es verwundert mich nicht, dass er die Schiffsbauer von Oporto dazu brachte, Tag und Nacht zu arbeiten, und die Bevölkerung derart für seinen Plan begeisterte, dass sie zwei Jahre lang freiwillig auf Fleisch verzichtete, das getrocknet und für die Expedition nach Ceuta aufbewahrt wurde.

Als es schließlich so weit war, häuften sich Omen und Vorzeichen. Ein Mönch berichtete, die Madonna sei ihm erschienen und habe dem König ein Schwert überreicht. Eine Sonnenfinsternis verbreitete Angst, Ehrfurcht und Schrecken. Großes stand bevor, und als schließlich in Lissabon die Pest ausbrach und sogar Königin Filippa daran erkrankte, da schien die Zeit reif für einen Feldzug im Zeichen des Kreuzes.

Warum?, fragte ich in aller Unschuld, als ich zum ersten Mal von diesen Ereignissen erzählen hörte. Wenn bei uns eine Krankheit ausbricht, dann bleibt man bei seinen Zelten. Keiner zieht in die Wüste hinaus, wenn sich die Sonne verfinstert. Aber hier denken die Menschen anders. Heute weiß ich, dass es die Enge ihrer Städte ist und die Unmöglichkeit zu gehen, so weit das Auge reicht, was ihr Blut zum Kochen bringt, Schwerter schärfen lässt und Schiffe bemannen. Die sesshaften Menschen müssen hinaus in den Krieg, wenn sie es in ihren vier Wänden nicht mehr ertragen, sonst fangen sie Streit mit ihrem Nachbarn an oder mit ihren Brüdern, denn sie haben keine Wüste, die sie ihre Dimensionen lehrt, ihre Kleinheit inmitten des Nichts und der Leere unter dem nächtlichen Himmel.

Du bist ein Philosoph, Sebastião, sagte Henrique und lachte leise, wenn ich so mit ihm sprach. Aber du hast Unrecht, der Mensch braucht ein Zuhause, er braucht seinen Besitz und einen Ort, wo er hingehört.

Und er hatte mich fast überzeugt. Viele Jahre lang dachte ich wie er. Sein Heim war meines, wo er war, da wollte ich sein, aber die Mauern, an die konnte ich mich niemals gewöhnen. Nie.

So rüsteten also die Infanten Henrique, Duarte und Pedro gemeinsam die Flotte, und Königin Filippa verteilte auf ihrem Sterbebett an ihre Söhne Splitter vom Wahren Heiligen Kreuz, an dem unser Heiland gehangen, und übergab einem jeden ein kostbares Schwert. Und als die Totenglocken verklangen, bestiegen die Prinzen unter großer Anteilnahme des Volkes in Lagos die Schiffe, das war im Juli des Jahres 1415, und vier Wochen später war Ceuta bereits in ihrer Hand.

Wie konnte das so leicht gelingen?, fragte ich.

Gott war mit uns, antwortete Henrique.

Als Dom Henrique mit seinen Brüdern gen Ceuta segelte, lag mein erstes Karawanenjahr gerade hinter mir. Ich war neun Jahre alt und viel zu jung, um zu begreifen, warum sich mit einem Schlag die Handelswege so sehr änderten. Ceuta war immer ein zentraler Umschlagplatz gewesen, einer der wichtigsten Brückenköpfe zwischen Afrika und Andalusien, wo die reichen Almoraviden lebten und herrschten. Gold und Gewürze liebten sie über alles, auch kostbare Stoffe und Teppiche aus dem Süden und Osten. Von Ceuta gelangten die Waren nach Sizilien und von dort in den Norden, heute weiß ich das, aber damals, als ich diese

Güter durch die Wüste geleitete, da reichte mein Horizont nur bis zur nächsten Oase. Ich war zu erschöpft, um wach zu bleiben und mit meinem Vater am Rat der Alten teilzunehmen, die nächtelang die neuen Routen erörterten und sorgsam alle Für und Wider abwogen. Denn nach dem Fall von Ceuta mussten die Handelswege neu geordnet werden, es gab gefährliche Passagen, auf denen man leicht überfallen werden konnte, die räuberischen Stämme der Kel Ahaggar waren gefürchtet, und zu unserem Schutz reisten nun häufiger ganze Truppen von Kriegern mit.

In Ceuta also erfuhr Henrique von den Karawanen. Er sah die Waren, Gold und Silber, Diamanten und andere Edelsteine, er sah die Vielfalt der Gewürze, der Stoffe und Teppiche, die Augen müssen ihm übergegangen sein angesichts all des Reichtums, von dem man bei ihm zu Hause nur träumte, und er begriff, wie armselig der portugiesische Hof im Grunde war. Er sprach mit Gefangenen und erfuhr von unserem Handelssystem, hörte vom Salz, das mitten in der Wüste gewonnen wird, von dem uralten »stillen« Handel mit den schwarzen Völkern des Südens, der ohne jeden direkten Kontakt vollzogen wird, stumm legten wir Imajaghen die Salzbrote an die traditionellen Plätze und zogen uns zurück, stumm legten die Fremden ihr Gold daneben, und wenn es uns gut erschien, dann nahmen wir das Gold und ließen das Salz dort, und wenn es zu wenig war, dann ließen wir beides unberührt, bis die Menge des Goldes unseren Vorstellungen entsprach. So war es seit ewigen Zeiten, und nur einmal, so erzählen die Alten, wollte ein Führer der Kel Ahaggar unbedingt wissen, wer denn diese Leute seien, denen man Jahr für Jahr das Salz brachte und Gold dafür nahm, ohne sie je zu Gesicht zu bekommen. Und so überfielen seine Leute die Salzkäufer aus dem Hinterhalt, fingen einen und brachten ihn vor ihren Führer. Dieser Mensch, so sagt man, war schwarz wie die tiefste Nacht und vollständig nackt, und durch seine tief hängende Unterlippe war ein hölzerner Splitter getrieben, aber vor Angst oder Scham oder Stolz oder einer Mischung aus allem starb er vor den Augen der Kel Ahaggar, bevor man irgendetwas aus ihm herausgebracht hatte, und diese Geschichte, so sprach Khada, mein Vater, gereicht uns Imajaghen allen zur Schande, denn niemals überfallen die wahren »Freien Menschen« einen ehrlichen Handelspartner, mit dem man schon seit so vielen Generationen in Frieden verkehrt, auch wenn man ihn niemals zu Gesicht bekommt.

Und so war es auch mit den Christen. Mit dem Schwert gewinnt man Kriege, aber man macht damit keine Geschäfte, pflegte mein Vater zu sagen. Er hatte Recht, wie so oft. Seit die Christen in Ceuta das Kreuz errichtet, eine Festung gebaut und die Menschen in Angst und Schrecken versetzt hatten, seit dieser Zeit mieden die Karawanen die Stadt. Henrique hatte geglaubt, sich die Reichtümer Afrikas zu erschließen, aber stattdessen hatte er diesem nördlichsten Vorposten des fremden Kontinents die karge Strenge und Armut seines eigenen Landes gebracht. Bald fand er keine Freiwilligen mehr, die Festung in Ceuta zu halten. Darum brachten sie Verbrecher herüber, die sie in Portugal aus ihren Kerkern holten. Ceuta war wie ein entwurzelter Baum, in dem die Termiten hausten. Und das wird diese einst blühende Stadt noch für lange Zeit bleiben, so lange, wie die Hand der Christen auf ihr ruht.

Aber was ist mit mir? Bin nicht auch ich heute ein getaufter Christ, ein Mönch obendrein? Habe ich nicht ein halbes Jahrhundert die Knie gebeugt, ja, mich niedergeworfen vor dem Heiligen Kreuz? Meine Ruhe hab ich gesucht und doch nie gefunden, zeitweilig Rast, das schon, aber nie war sie von Dauer, so wie man auch an einem Wüstenbrunnen nicht für immer rasten kann. Ein Imajaghen findet seine Ruhe nur in der Bewegung, sagte Khada, mein Vater, und heute weiß ich, das gilt für alle Menschen, die sesshaften wie die wandernden Völker, denn nirgendwo sah ich so viel Unrast und Ruhelosigkeit wie in den Städten.

Ruhelos und getrieben, das war auch Dom Henrique. Kaum war Ceuta genommen, da bereitete er einen Kreuzzug gegen Gibraltar vor, um das Iberische Festland von Süden her von den Mauren zu befreien. Als der König von dieser Sache erfuhr, untersagte er seinem Sohn aufs Strengste jeden weiteren Schritt in diese Richtung. Er hatte seine Gründe. Denn der Frieden mit Kastilien war noch jung und nur zustande gekommen, weil König Alfonso es sich nicht leisten konnte, an allen Fronten gleichzeitig zu kämpfen. Kastiliens Problem in Andalusien zu lösen lag nicht im Interesse der portugiesischen Krone.

Henrique war anderer Ansicht. Und diese Meinungsverschiedenheit war der Grund, warum Joãos dritter Sohn den Hof fortan mied, in den Süden ging und sich an der Küste der Algarve niederließ. Dort in Sagres brütete er über seinen Karten, wechselte Briefe mit Gelehrten auf der ganzen Welt über Fragen der Kartographie und der Nautik, lud Gäste von weit her ein wie den berühmten Kartenzeichner Jehuda Cresques von der Insel Mallorca und vertiefte sich in alte Aufzeichnungen bis zurück zu den antiken Gelehrten. Und er beschloss, auf eigene Kosten ein Schiff auszusenden, das die afrikanische Küste entlangsegeln sollte, so weit südlich es nur ging. Außerdem befahl er, dass man, wo immer es möglich war, an Land gehen sollte und Bewohner der fremden Küsten, Menschen und Tiere, zu ihm zu bringen.

Idrisa wusste von all dem nichts, als die Boote landeten. Er sprang von seinem weißen Kamel und ging auf die Fremden zu, die Hände zum Gruß ausgestreckt, bereit, seine Finger gegen die ihren zu reiben, wie man es bei ihm zu Hause machte, wenn man Gäste willkommen hieß. Die Fremden trugen geschwungene Bärte, runde, silbern glänzende Mützen über ihren Gesichtern, über einem ragte ein Federbusch auf. An diesen wandte sich Idrisa, streckte ihm die Hände entgegen, doch unvermittelt wurde er von beiden Seiten an den Armen gepackt, aufgehoben und fortgeschleppt. Einen Augenblick lang war Idrisa wie benommen, dann bekam er den rechten Arm frei, mit einer einzigen kreisenden Bewegung zog er den Dolch aus den Falten seines *tekamist* und führte ihn gegen die Kehle desjenigen, der ihn rechts gepackt hatte. Die scharfe Klinge fuhr kreischend über Metall, hinterließ eine tiefe Scharte. Hemden aus Metall, die die Sonne reflektierten. Spiegelungen des Lichts, mehr nicht. Darunter steckten ganz gewöhnliche Menschen.

Sei dankbar, sie haben dich befreit, sagte Henrique.

Wovon befreit?, fragte ich.

Von einem unwürdigen Leben, schlimmer als ein Tier.

Ich verstand nicht. Konnte er wirklich meinen, die Imajaghen seien Tiere?

Du kanntest keinen Gott, sagte Henrique.

Doch, sagte ich, ich habe meinen Gott in mir.

Als ich zu mir kam, befand ich mich in einem Käfig aus Holz. Es war dunkel, die Welt um mich herum schwankte, ächzte und knarrte. Ich richtete mich mühsam auf, folgte einem Lichtspalt und sah hoch über mir die weißen Flügel, sie knatterten und schlugen im Wind. Über eine Treppe gelangte ich nach oben, sah mich um nach allen Seiten. Mein Herz raste. Ich befand mich mitten in der Wüste des Meeres. Jetzt erst fühlte ich, dass mein Kopf schmerzte, mit beiden Händen betastete ich den *tagelmoust*, der auf einer Seite feucht war und klebrig und völlig in Unordnung, als habe jemand daran gezerrt. Und dann hatten sie mich auch schon entdeckt, kamen mit schnarrenden Rufen angelaufen, umringten mich, starrten mich an. Ich starrte zurück. Tastete nach meinem Dolch. Er war verschwunden. Etwas lief mir ins Auge. Ich wischte mit der Hand darüber und sah, es war Blut.

Da kam der Mann mit dem Helmbusch auf mich zu, stemmte die Hände in die Seiten, rief etwas, und ein anderer lief davon, kehrte mit einer Schüssel Wasser zurück. Ich kniete mich nieder, trank, wusch mir dann die Hände, die Augen. Der Anführer trat auf mich zu, zog an meinem *tagelmoust*, doch ich wich zurück, kein Imajaghen entblößt sein Haupt vor einem Fremden, niemals. Da gab er ein Zeichen, und wieder fielen sie über mich her, zerrten und rissen so lange an dem herrlichen, glänzenden Stoff um meinen Kopf, bis sie das viele Ellen lange Band endlich gelöst hatten. Ich schrie und tobte vor Zorn, und tatsächlich wichen die Männer zurück, ich spuckte ihnen hinterher, bedeckte meinen Mund mit einem Zipfel meines Gewandes, denn für uns ist diese Öffnung, durch die wir die Nahrung zu uns nehmen, ebenso schambehaftet wie die, durch die sie aus unseren Körper wieder auszutreten pflegt.

Doch es war noch nicht vorbei. Nachdem er mich lange mit offenem Mund angestarrt hatte, bellte der Anführer erneut seine Befehle, und wieder packten mich die Männer und nahmen mir diesmal all meine Kleider, zogen mir den *tekamist* über den Kopf und öffneten den Bund meines *akerbey*. Völlig nackt kauerte ich schließlich vor diesen Menschen, die ich Barbaren schimpfte und Räuber, doch in ihren Gesichtern las ich nichts als nur ungläubiges Staunen.

Du warst ganz blau, von Kopf bis Fuß, sagte Henrique. So etwas hatten wir niemals zuvor gesehen.

Ja, ich war blau. Jeder erwachsene Imajaghen, wenn er eine Weile die indigofarbenen Gewänder trägt, hat diesen dunkelblausamtigen Schimmer auf seiner Haut. Gibt es eine köstlichere Farbe als Blau? Sie hilft gegen den bösen Blick und die Schrecken der Kel Essouf, sie ist die Farbe des Adels, der Anführer und Weisen. Bei uns gilt es als schön, wenn das Gold unserer Haut sich mit dem heiligen Blau der Indigopflanzen vermischt – die Männer auf dem Schiff aber dachten, ich sei der leibhaftige Teufel.

Man hatte mich entführt, verletzt und entehrt. Eine Wunde klaffte auf meinem Scheitel. Noch heute kann man die Narbe sehen, quer läuft sie über meine Tonsur. Warum haben sie mich nicht gefragt? Ich wäre freiwillig mitgekommen. Ich trat ihnen als Freund entgegen. Sie schlugen mich nieder und brachten mich fort. Sogar mein *mehari* nahmen sie mit, einige Tage lang schenkte es mir Trost auf dieser Reise. Dann legte es seinen schweren Kopf in meinen Schoß und starb, und die Portugiesen schnitten seinen Bauch auf, aßen gierig von seinem Fleisch. Mir aber war, als würde ich selbst zur Schlachtbank getragen durch diese schwankende, nicht enden wollende Wüste aus Wasser und Wind.

Der Infant Dom Henrique aber war hocherfreut, Idrisa, Khadas Sohn, den Jungen aus den afrikanischen Wüsten zu begrüßen. Reich belohnte er die Entführer, Idrisa aber nannte er seinen Gast, behutsam und geduldig erwarb er sich sein Vertrauen, und lange, ja, jahrelang glaubte der junge Imajaghen, wenn er nur wollte, könnte er zurückkehren in das Land seiner Väter. Bis dahin aber war er begierig, alles zu lernen und diese Welt zu verstehen, die so stark war und Schiffe über die Meere schickte, Kriege gegen die Kalifen gewann und sich nicht davor scheute, Berge zu bewegen, um gewaltige Städte zu bauen. Er war der Gast eines mächtigen Fürsten, und schon aus purer Höflichkeit legte er nach einer Weile den *tagelmoust* freiwillig ab, doch lange Zeit behielt seine Haut diesen samtblauen Schimmer, allen Waschungen zum Trotz. Als er eines Tages verschwunden war, fiel es Idrisa nicht einmal mehr auf. Da sprach er bereits fließend die Spache der Portugiesen, führte lange und spitzfindige Gespräche mit dem Dom, seinem Gastgeber, der es nicht müde wurde, ihm Fragen nach seiner Heimat zu stellen, und erst viel später wurde Idrisa bewusst, wie viele wertvolle Informationen er dem Prinzen geschenkt hatte.

Dein Vater Khada hasst die Muslime, sagte Henrique. Er würde mir helfen, ihr Reich zu vernichten.

Ich aber schwieg und dachte an meine Mutter. An meine Vettern und deren Familien. Warum, fragte ich mich, sind wir nicht alle einfach nur Menschen, die ihren Weg suchen durch die Wüste des Lebens, von einer Oase zur nächsten, so gut es eben ein jeder kann, warum sich bekriegen und gegenseitig vernichten, statt einander die Zelte zu öffnen, die Finger aneinander zu reiben, den Tee zu bereiten und beieinander zu sitzen, zu erzählen, was jeder zu erzählen weiß, um die Reichtümer des Wissens miteinander zu teilen.

Es gibt nur einen einzigen wahren Gott, sagte Henrique.

Und dann fragte er nach den Wegen des Goldes.

# 3

WEISST DU, WIE VIEL ES KOSTET, ein Schiff auszurüsten, zu bemannen und zu unbekannten Ufern loszuschicken, von dem sie vielleicht nur ein totes Kamel und einen jungen Gast mit nach Hause bringen? Du bist der Sohn eines Karawaniers, eines Händlers, du weißt, was es heißt, Jahr für Jahr solche Unkosten zu haben und das Leben der Besatzung aufs Spiel zu setzen. Es muss etwas herauskommen bei einer solchen Reise, auch dein Vater ist schließlich nicht zum Vergnügen durch die Wüste unterwegs.

Ich verstand ihn sehr gut. Henriques Leute begannen zu murren, obwohl der Infant bislang alle Ausgaben aus seinem Privatvermögen bestritten hatte. Aber Schiff um Schiff kehrte zurück, ohne das Kap Bojador umrundet zu haben, und die Menschen hielten den Prinzen für einen unverbesserlichen Träumer.

Da traf eine Nachricht ein, die Dom Henrique über alle Maßen erfreute. Der Papst ernannte ihn zum Großmeister und obersten Verwalter des Ordens der Christusritter, dem Nachfolger des Templerordens. Heute weiß ich, dass König João seit langem geduldig diplomatische Fäden mit Rom geknüpft hatte, dass es nur eine Frage der Zeit war und des Ablebens des vorigen Ordensführers bedurfte, bis sein Sohn dessen Nachfolge antreten konnte, und im Jahr 1420 war es endlich so weit.

Willst du mich nach Tomar begleiten?, fragte mich Henrique.

Natürlich wollte ich, endlich wieder eine Reise, ich konnte es kaum erwarten, gen Norden zu ziehen.

Der ganze Hof geriet in höchste Aufregung. Diener waren tagelang damit beschäftigt, Garderoben zu richten, Kisten zu packen, Wagen herbeizuschaffen. Ich konnte nicht glauben, dass für eine so kurze Reise derartig viele Dinge nötig sein sollten.

Wir bleiben doch nicht für immer in Tomar, oder?, fragte ich schließlich, als die Auflösung um mich herum ihren Höhepunkt erreicht hatte. Henrique lachte.

Wie viele Kamele belädt ein Imajaghen, wenn er eine Reise macht?

Er belädt ein Kamel mit Waren und eines mit Futter für unterwegs, antwortete ich. Alles, was ein Imajaghen braucht, hat er in seiner Umhängetasche.

Aber in diesem Land wurde sogar eine Küche auf Kutschen verpackt, ein Zelt, so groß wie das eines Sultans, wurde für die Rast und die Mahlzeiten des Infanten zusammengelegt und auf einen Wagen geladen.

Dann folgte Gefährt um Gefährt mit Wein und Lebensmitteln, Töpfen und Pfannen, Spießen zum Grillen von ganzen Tieren, Schüsseln und edlem Geschirr. Dann die Wagen voller Geschenke und nie gesehener Gerätschaften, ich konnte nicht erraten, wofür man sie auf eine Reise mitnahm. In der Wüste würde man mit diesem Tross unrettbar im Sand versinken und niemals sein Ziel erreichen.

Als ich mich fertig machte, schickte mir Henrique durch seinen Diener Manuel ein sauber gefaltetes hell- und dunkelblaues Bündel.

Das sollst du tragen, sagte er.

Verwundert breitete ich die weite Hose und das Übergewand der Imajaghen in der Farbe des Himmels auf meiner Schlafstatt aus. Alles war sauber gewaschen und mit heißen Steinen geglättet, die Zierstickereien an den Seitennähten glänzten wie an jenem Tag, als ich diese Kleider mit Khada auf dem Markt von Timbuktu ausgesucht hatte in dem hellen Blau unseres Clans, der von Fürsten abstammte und sehr angesehen ist. Dann lag da noch das lange glänzende Band des *tagelmoust.* Viele Male hatte man es mit Indigo gefärbt und schließlich die Baumwolle mit einem hölzernen Schlegel so lange geschlagen, bis sich die Farbe zu einem Lack verdickt hatte, der dem Turbantuch diesen Glanz verlieh und es gleichzeitig kühl und undurchlässig machte gegen Hitze und Staub.

Was für eine Freude! Aber warum wollte Henrique, der es gerne gesehen hatte, als ich diese Kleider ablegte, dass ich ausgerechnet darin zu seiner feierlichen Einsetzung erschien?

Ich fragte nicht lange und gönnte mir das Vergnügen, die unbequemen höfischen Kleider abzulegen und in die Tracht der Imajaghen zu schlüpfen. Und als ich den *tagelmoust* um mein Haupt und Gesicht wand, bis nur noch die Augen heraussahen, und das Ende des Tuchs mit dem Turbanband verknotete, fühlte ich wieder denselben Stolz wie damals, als mein Vater ihn mir zum ersten Mal umgebunden hatte.

Ich schloss meine Tasche, verließ die Villa, ging über den Hof zum Stall, um mein Pferd zu holen, und als mich zwei Knappen erblickten, ließen sie die Kisten fallen, die sie gerade auf eine Kutsche binden wollten, und rannten voller Furcht davon.

Welches Aufsehen ich mit meiner traditionellen Kleidung zu erregen vermochte, verwunderte mich aufs Neue. Am Wegesrand schrien die Leute auf und hielten sich die Hände vor den Mund, wenn sie mich auf dem weißen Pferd, das mir Henrique geschenkt hatte, erblickten. Kinder liefen johlend hinter mir her, und ich warf ihnen lachend Brocken zu von dem reichen Proviant, den ich gar nicht aufessen konnte. Und so sollte es bleiben die vielen Wochen lang, bis wir endlich Tomar erreichten. Mehr als einmal dachte ich, dass Khada verzweifeln würde, hätte er eine solche Karawane zu führen: Alle paar *leguas* brach ein Rad oder ein Wagen verlor seine Ladung, oft dauerte es einen ganzen Tag, bis endlich alle Gefährte durch eine Furt hindurch waren, wir rasteten mehr als wir reisten, und ich war beunruhigt, ob wir überhaupt jemals in Tomar ankommen würden.

Mach dir keine Sorgen, sagte Henrique und lachte über meine Ungeduld, wir ruhten uns im Schatten eines Waldes aus und warteten, dass die gebrochene Achse einer Kutsche repariert wurde, ohne mich fangen die dort in Tomar nicht an mit der Zeremonie.

Und er fragte mich, ob ich ihm zu diesem großen Tag ein Geschenk machen wollte.

Alles, was du möchtest und ich dir geben kann, sagte ich voller Freude, aber auch ein bisschen beschämt, weil man bei uns nicht um Geschenke bittet, sondern höflich wartet, bis man eines erhält.

Dann lass dich am Tag meiner feierlichen Einsetzung von mir taufen, sagte er.

Was heißt das, taufen?, fragte ich verwirrt.

Nun, in der Taufe wirst du durch das Bad in geweihtem Wasser reingewaschen von aller Schuld.

Ich errötete unter meinem *tagelmoust*. Hatte ich etwas falsch gemacht?

Welcher Schuld, oh Herr?, fragte ich leise.

Von aller. Der Erbsünde. Wir Menschen sind alle Sünder, und in der Taufe werden wir reingewaschen durch Christi Blut.

Blut, oh Herr, fragte ich ehrlich erschrocken, ich soll in Blut baden?

Nein. Bei der Taufe tauchst du in Wasser. Aber Christi Blut, das er am Kreuz vergoss, hat uns von den Sünden befreit. Frão Pedro wird dir das alles erklären.

Und so neigte ich das Haupt, ja, wenn es meinen Herrn freute, dann würde ich eintauchen in das gesegnete Wasser.

Ich hielt es für ein Spiel. Wasser für Blut und die Sache von der Rettung durch das Kreuz. Auch wir hatten solche Geschichten von Helden, die einen neuen Clan begründeten oder Vasallen von der Sklaverei eines anderen befreiten. Und den neuen Namen, den Henrique mir gab, Sebastião, hielt ich für eine Art Auszeichnung. Auch bei uns erhielten junge Männer nach ihren ersten Verdiensten mitunter neue Namen. Wenn ich eines Tages zurückkehren würde in meine Heimat, dann würde ich mich in die blauen Kleider der Freien Menschen hüllen, dann wäre ich wieder Idrisa, daran gab es für mich keinen Zweifel. In der prächtigen Burg von Tomar aber, die mich mehr beeindruckte als jede Burg der Berber, da tat ich meinem Gastgeber diesen Gefallen. Alles schien mir hier ein großes Fest zu sein wie bei den jährlichen Treffen der Kel Kres, auch in Tomar kam ein mächtiger Clan zusammen, um meinen Herrn als neuen Fürsten zu bestätigen. Es gab Ritterspiele und Zeremonien, Gottesdienste und Ratsversammlungen wechselten einander ab, und dann kam mein großer Moment, in dem ich eine tragende Rolle zu spielen hatte: In meinen blauen Kleidern führte mich Henrique in die Kathedrale, wo das steinerne Wasserbecken bereitstand, und unter dem dunklen Klang vieler Glocken, beim Schein Hunderter von Kerzen und Fackeln, unter vielstimmigen Gesängen und Beschwörungsformeln entkleidete mich mein Herr, langsam stieg ich hinab in das Becken, tauchte unter und tauchte gleichzeitig ein in jeden Brunnen der Wüste, jede Oase und jedes Wadi nach wochenlangem Marsch durch die Wüste – das Wasser des Lebens, wie sehr leuchtete es mir ein als ein Zeichen der Erneuerung von Leib und Seele. Alles machte einen gewaltigen Eindruck auf mich, die prunkvollen Gewänder der Priester im Schein der Fackeln, die herb duftenden Rauchschwaden, die aus goldenen Gefäßen aufstiegen, und ich mitten darin fühlte durchaus die große Ehre, auch wenn ich die Bedeutung des Ganzen nicht erfassen konnte. Als ich auftauchte, jubilierten die Gesänge der Mönche, gingen über in Trompetenfanfaren, Henrique strahlte und malte mir mit einer Salbe ein Zeichen auf die Stirn, ich taufe dich im Namen des Vaters und des Sohnes und des Heiligen Geistes, Amen, trocknete meinen Körper mit einem Tuch und hüllte mich in ein schlichtes, weißes Gewand, das in einem Stück von meinen Schultern hinabfiel bis zu den Knöcheln. Dann hängte er mir ein großes Kreuz um den Hals, dein Name sei Sebastião, sprach er, und führte mich wie eine Braut aus der Kathedrale hinaus.

Es war wie ein Traum. Ich sah in aufgerissene Augen, die mich neugierig von oben bis unten bestaunten. Zum ersten Mal sah ich edle Damen, herausgeputzt wie Statuen, mit Türmen auf ihren Köpfen und weiß und rot bemalten Gesichtern. Eine fasste mein Gesicht an, als sei ich ein Kamel, das man betastet, ehe man es kauft. Ich war froh, als ich endlich wieder in meiner Kammer war, aber sosehr ich mich anfangs verstecken wollte, Henrique ließ mich doch immer wieder holen, hieß mich neben ihm auf einem großen bestickten Kissen sitzen und Fragen beantworten, die Unbekannte an mich stellten.

Da begann ich zu ahnen, dass meine Taufe vielleicht doch mehr war als ein Spiel. Und viel später wurde mir klar, welch weitreichenden politischen Akt sie bedeutete, welchen Eindruck Henrique damit auf die versammelten Würdenträger bis hin zum Gesandten des Papstes machte: Dom Henrique war es gelungen, eine verlorene Seele aus dem Land der Heiden zu Gott zu führen, ich stand als lebendes Symbol für die Bekehrung der Bewohner Afrikas, mein Beispiel rechtfertigte aus christlicher Sicht die Eroberung dieses Kontinents, machte Hoffnung auf Verbündete und Kolonien, und allen voran unterstrich der Infant als mein Pate sein Vorrecht bei allen folgenden Operationen.

Und so erreichte Henrique, dass der Orden seine weiteren Pläne ohne jeden Vorbehalt unterstützte und finanzierte, in der Hoffnung auf das Gold aus dem Herzen Afrikas und auf sichere Verbündete im Handel mit den fernen, östlichen Reichen.

Dein Vater lebt vom Handel, ist es nicht so?, fragte mich Dom Henrique eines Abends. Was würde er sagen, wenn er nicht mehr den muslimischen Kalifen seine Ware verkaufte, sondern uns Portugiesen?

Ich dachte nach. Versuchte, mich in Khada hineinzuversetzen.

Willst du einen Mann gewinnen, so gib deine Tochter, so heißt es in einem Sprichwort bei uns, gab ich ihm zur Antwort.

Henrique sah mich verständnislos an.

Du kannst nicht einfach zu Khada gehen und sagen, treib mit uns Handel. Zuerst musst du sein Vertrauen gewinnen, etwas geben. Ewas Großes. Zum Beispiel deine Tochter.

Die Ehe meiner Eltern war ein Beispiel dafür. Die Masufa waren uralte Handelspartner der Imajaghen, sie lieferten Waren von jenseits des Flusses Senega. Dort gab es besondere Sorten von Bast, aus denen wir Seile drehten für unsere Kamelhalfter und zum Festbinden der Waren. Sie verkauften uns Elfenbein, das wir in den Norden brachten, Perlen, die von ihren Tauchern aus den Tiefen der Riffs emporgeholt wurden, für die die Kalifen jeden Preis zu zahlen bereit waren. Ich selbst besaß von meiner Mutter ein Amulett mit einer solchen Perle, geformt wie eine Träne, und wann immer ein Portugiese sie zu Gesicht bekam, wurden seine Augen groß und glänzend vor Gier. So geschah es schon auf dem Schiff, als sie mir meine Kleider nahmen, denn nach dem Erschrecken über meine blau schimmernde Haut streckten sich bereits lange Finger meinen Amuletten entgegen. Es war der Kapitän, ihr Anführer, der sie daran hinderte, mir das, was sie für bloßen Schmuck hielten, zu nehmen. Damals war ich überzeugt davon, die Kraft der Amulette habe mich beschützt. Heute weiß ich: Der Kapitän hatte ganz richtig erkannt, dass Henrique noch zufriedener sein würde, wenn man ihn mit einem vornehmen Eingeborenen, der solch kostbare Geschmeide besaß, überraschte. Das Amulett meiner Mutter war das einzige Stück aus meiner Heimat, das ich lange bei mir behielt, bis ich es eines Tages Henrique schenkte. Mein Vater Khada misstraute Perlen ohnehin, sie bringen Kummer und Tränen, pflegte er zu sagen, und auch damit behielt er Recht.

Wenn du mit den Imajaghen Handel treiben willst, dann musst du ihr Vertrauen erwerben, wiederholte ich. Ein Imajaghen bricht nicht ohne Not mit alten Traditionen, die sich bewährt haben. Solange die Kalifen angemessen bezahlen, werden Khadas Karawanen ihnen Waren bringen.

Und wenn ich mehr bezahle?, fragte der Infant.

Es geht nicht um das Mehr, sagte ich geduldig, es geht darum, ob er dir traut. Und was du bringst. Du willst von ihnen Gold. Für die Imajaghen ist Gold nichts anderes als ein Tauschmittel. Was hast du unseren Leuten zu bieten, was sie brauchen, und von niemand anderem bekommen können?

Henrique dachte nach. Und bat mich um möglichst vollständige Listen der Güter, die meine Leute von einem Ort zum anderen transportierten, Angaben über die Handelspartner und darüber, was wo gegen welche Waren zu welchen Preisen getauscht wurde.

Und er fragte nach den Wegen. Aber es gab so viele. Ich kannte die meisten, ging sie in den zahllosen Nächten, wenn ich schlief, mit offenen Augen. Wie sehr mir das Gehen fehlte, die Kälte der Nächte und die Hitze des Tages, das Gefühl des Sandes unter meinen bloßen Füßen, das Brüllen und Schnauben der Kamele, ihr schaukelnder Gang, ihr Geruch. Mein herrliches *mehari*, Henrique hatte seinen Kopf präparieren lassen, in seiner Stube in Terzanabal hing er an der Wand, es zerriss mir das Herz, ihn anzuschauen.

Das Schlimmste aber war das Eingesperrtsein, und die Burg der Christusritter in Tomar hatte die dicksten Mauern, die ich je gesehen hatte. Während Henrique Gespräche führte und Rat hielt, streifte ich durch das Städtchen und machte lange Gänge über die umliegenden Felder, aber ich war eine Berühmtheit geworden, und überall liefen mir gaffende Kinder nach. Ich war Sebastião, der Afrikaner, und so entfernte ich mich auf meinen Spaziergängen immer weiter von den Stadtmauern. Auf einem dieser Wege traf ich eines Tages einen Mönch, der nichts von meiner Geschichte wusste. Er stützte sich auf einen hohen Wanderstab, trug eine fächerförmige Muschel am Gürtel und erzählte mir, er sei ein Pilger auf dem Weg zum Grab des Heiligen Jakob im Norden. In Tomar wollte er ein paar Tage rasten, und ich hatte große Lust, das letzte Stück mit ihm zu wandern. Mein Herr würde noch eine Weile in Tomar verweilen und dann mit seinem Tross nach Lissabon ziehen, um seinen Bruder zu besuchen. Das alles würde viele Wochen, ja vielleicht Monate dauern. Nichts sprach dagegen, inzwischen einen Abstecher nach Compostela zu unternehmen, meine Füße zu bewegen, um hernach meinen Herrn auf seinem Heimweg ganz sicher wieder einzuholen.

Er hielt das für unmöglich, wollte mich nicht allein durch das ganze Land ziehen lassen. Ich sorge mich um dich, sagte er, dein Land magst du kennen, aber hier bist du in der Fremde, du bist mein Gast und jetzt sogar mein Taufkind, ich trage Verantwortung für dich.

Ich erzählte ihm von dem Pilger, brachte ihn schließlich vor meinen Herrn, und als Henrique an der Muschel erkannte, dass mein Freund nicht zum ersten Mal zum Apostelgrab wanderte, gab er schließlich nach. Aber zu meinem Schutz, wie er sagte, bestand er darauf, Manuel mitzuschicken, und während der ganzen Reise wurde ich das Gefühl nicht los, dass dieser weniger Acht gab, dass mir nichts geschah, sondern mich vielmehr beaufsichtigte wie ein Mädchen. Heute weiß ich, dass er mein Bewacher war und ich ein Gefangener, gefangen in diesem fremden Land, ein Gefangener, den man bei guter Laune hielt, damit er den Kerker, der ihn umgab, nicht bemerkte.

Und ich? War glücklich, endlich wieder unterwegs zu sein. Meine Begleiter waren mir viel zu langsam, stets war ich ihnen voraus, ging, gleichmäßig, ohne müde zu werden. Bald trennten wir uns von dem Pilgermönch, der seinen eigenen Rhythmus hatte, und Manuel schwitzte, stöhnte und schimpfte über meine

Ausdauer, aus der Dunkelheit in die Dunkelheit zu gehen. Ich hasste es zu rasten, denn dieses Ausruhen machte mich erst wirklich müde, vergeblich versuchte ich, Manuel das Gleichmaß des Gehens zu lehren, er hatte dafür keinen Sinn. Schließlich fand ich mich mit ihm ab wie mit einem störrischen Kamel, kümmerte mich nicht mehr um ihn und staunte stattdessen über die Wunder dieses Landes, das grün war und fruchtbar, voller Flüsse und Seen. Überall fanden wir freundliche Herberge, denn die Wege nach Compostela waren reiflich bekannt und wir nicht die einzigen Pilger. Eine Weile teilten wir den Weg mit einem Alten, dessen Frömmigkeit mich rührte, er erzählte mir die Geschichte von der Seereise des Apostels nach Galizien, wie er dort sein Grab fand und von den Wundern, die dort alljährlich geschahen. Bis dahin war diese Reise für mich eine Übung des Körpers gewesen, je mehr ich nun aber diesem wundersamen Alten lauschte, erwachte meine Neugier auf das Ziel unserer Pilgerfahrt.

Der Alte sang.

*Annua gaudia,*
*Jacobe debita,*
*Sunt tibi danda,*

so sang er und betete, ließ die Kugeln seines Rosenkranzes durch die Finger gleiten, und ich dachte an die Männer der Masufa, die ebenfalls immer Kettchen zum Beten bei sich trugen. Jetzt lauschte ich den endlosen Strophen des Pilgerliedes,

*Organa dulcia,*
*Conveniencia,*
*Sunt resonanda,*
den Litaneien in dieser fremden Sprache, die die Christen hier für ihre Kirche bewahren, und nach ein paar Tagen sangen wir gemeinsam. Zum Abschied schenkte mir der Alte seinen Rosenkranz, hier liegt er vor mir auf meinem Schreibpult, schwarz und silbern, ich habe ihn seither mein Leben lang getragen. Außer damals, als ich dachte heimzukehren.

Am Grab des Heiligen Jakob erlebte ich zum ersten Mal diese Verzückung. Ich sah das Kreuz die Menschenmenge überragen, wurde getragen von den vielstimmigen Gesängen, ich sah Männer weinen und sich gegen die Brust schlagen, sich die Kleider zerreißen und Erde aufs Haupt streuen. Hier schienen Menschen heimzukehren, aus aller Welt kamen sie, niemals, an keiner Oase, auf keinem Markplatz hatte ich so viele verschiedene Sprachen gehört wie hier. Manche kamen aus dem hohen Norden, hatten rote Gesichter und gelbe Haare, waren zwei Jahre und länger gegangen, abgemagert und mit wund gelaufenen Füßen. Ich fühlte die Inbrunst des Glaubens, die Liebe zum Erlöser, auch wenn ich noch immer nicht begriff, wovon er eigentlich erlöste. Und dann schien der Himmel sich aufzutun, von hoch oben fiel ein blauer Lichtstrahl auf mich, hüllte mich ein, hob mich auf, und als ich wieder zu mir kam, lag ich in voller Länge ausgestreckt unter dem

Kreuz, das Licht war gegangen, aber etwas in mir hatte sich verändert, ich hatte meinen Gott in mir erkannt wie nie zuvor in der Wüste.

War es so? Stand nicht neben Sebastião Idrisa, der Imajaghen, und betrachtete die Verzückung der Massen mit einigem Abstand? Ihm leuchtete ein, dass diese Menschen ihre Kathedralen in die Höhe bauten, weil sie die Weite nicht kannten. Er glaubte zu verstehen, dass diese Menschen unter dem Kreuz etwas suchten, was ihnen dringend fehlte, einen Inhalt für ihre seltsame Leere. Dort, wo Idrisa herkam, war die Welt selbst leer, die Imajaghen sind arm und doch reich, sie bauen keine Häuser, keine Kirchen, sie besitzen immer nur so viel, wie sie tragen können, es geht darum, zahlreiche Söhne zu bekommen und die Herden zu vergrößern, allen anderen Reichtum tragen sie innen. Sie brauchen keine Verzückung des Geistes. Wenn sie nach Wochen in der Wüste eine Oase erreichen, verzückt sie ein ausgiebiger Trunk. So dachte Idrisa. Sebastião aber ließ er gewähren, es war ein Spiel, er kannte es von klein auf, bei seiner Mutter lernte er den Koran zu lesen, bei seinem Vater war er Imajaghen. Bei Henrique wurde er zu Sebastião, und in der Kirche des Heiligen Jakob lag er zum ersten Mal vor dem Kreuz.

Es war das Licht. Es war blau. Es kam gebündelt auf mich herab. Ich sah die Welt in diesem Licht, und ich dachte, es sei eine andere Welt. Heute weiß ich, es war farbiges Glas. Trau niemals deinen Augen, hatte mein

Vater so oft zu mir gesagt. Die Welt der sichtbaren Dinge ist voller Gaukelbilder, die dich zum Narren halten. Wenn du die wirkliche Natur der Dinge erkennen willst, dann schließe die Augen und nutze die Sinne eines *madugu*.

In der Wüste war ich ein *madugu* gewesen, in diesem blühenden Land war ich es nicht. Man brauchte keine Führer, jeder konnte seinen Weg ganz einfach selber finden, es gab Straßen und feste Siedlungen und überall ausreichend Wasser. Die Menschen waren arm und doch freigiebig, fast überall fand ich für meine Begriffe Essen im Überfluss, schon lange musste ich nicht mehr einen halben Tag auf einer Dattel herumkauen. Ich war zufrieden, neugierig und voller Staunen über all das Neue, das ich jeden Tag zu sehen bekam, solange wir auch unterwegs waren, unsere Wanderung zurück in den Süden schien mir viel zu schnell zu Ende. Wäre ich nicht ein Narr gewesen, hätte ich mich in diesen jungen Jahren zurück in die Wüste gewünscht? In der Erinnerung nehmen die Dinge einen verzauberten Glanz an, hatte mich Khada gewarnt, hüte dich darum vor den vergangenen Dingen.

Henrique schien ehrlich erleichtert, mich wiederzusehen. Außerdem gab es gute Neuigkeiten. Endlich hatte ein Schiff einen Erfolg zu vermelden. Zwar war das sagenumwobene Kap Bojador noch immer nicht umsegelt, und es war mehr als ratsam, dieses Thema nicht vor dem Infanten anzuschneiden, aber zwei seiner Männer hatten eine bislang unbekannte Insel entdeckt. Ein Sturm hatte sie gefährlich weit in den Atlantik hinausgetrieben, und gerade, als sie dachten, dass sie nie wieder festes Land betreten würden, lag die Insel vor ihnen. Sie nannten sie der glücklichen Fügung wegen Porto Santo, fanden keinerlei Spuren von Menschen, stattdessen die besten Bedingungen des Klimas und eine ebensolche Beschaffenheit des Bodens. Ihr Wunsch war es, zu dieser Insel zurückzukehren und sie selbst zu erschließen, und Henrique stimmte dem gerne zu.

Mit einem Mal waren alle auf der Seite des Infanten. Die Berichte von fruchtbaren Inseln, auf denen man mit allerhöchster Erlaubnis eine Herrschaft errichten könne, schien allen verlockend. Und als die beiden Edelleute bei ihrem nächsten Aufenthalt auf Porto Santo gar eine weitere Insel in ihrer Nachbarschaft entdeckten, die sie ihrer ausgedehnten Wälder wegen Madeira nannten, trugen sich viele Männer in Listen ein, die auf Henriques Schiffen hinaus in die unbekannte Welt fahren wollten, um sich bei ihrer Entdeckung gleich die entsprechenden Rechte zu erwerben.

So sind die Menschen, sagte Henrique, sie glauben nur das, was sie sehen.

Seinem eigentlichen Ziel, Afrikas Küsten weiter nach Süden hin zu erschließen, war er jedoch keinen Schritt näher gekommen. Und der nächste Seefahrer, der zurückkam und zugab, am Kap Bojador umgekehrt zu sein, fand die ganze Verachtung des Infanten.

Seit wie vielen Jahren schicke ich jetzt Schiff um Schiff hinunter ans Kap und keiner hat den Mut, es zu umfahren?

Herr, wehrte sich der Seemann, wenn Ihr es mit eigenen Augen sehen könntet! Es gibt da ein Vorgebirge, das vielleicht sechzig Meilen und mehr ins offene Meer hinausreicht. Dort kocht die See über gefährlichen Untiefen, turmhohe Fontänen steigen mitten aus den Wassern auf, nirgendwo habe ich solche hüpfenden Wogen gesehen, glaubt mir, was alle sagen, die vor mir dort waren: Dort ist die Erde zu Ende, man kann nicht weiterfahren, ohne das Schiff auf Grund zu setzen.

Aber es gibt Länder jenseits dieses Kaps, sagte der Dom unbeirrt, seht diesen hier an, meinen Gast aus dem Land der Wüste. Er durchreiste sie kreuz und quer und brachte Gold und Diamanten aus den Ländern des Südens hoch in den Norden zu den Ungläubigen.

Vielleicht sollte er mit uns reisen, wagte der gescholtene Mann vorzuschlagen.

Henrique sah mich an. Hinter seiner Stirn schien er Für und Wider gegeneinander abzuwägen.

Er ist ein Mann der Wüste, sagte er schließlich. Und Ihr seid Seefahrer. Vielleicht verspürt mein Bruder Sebastião eines Tages den Wunsch heimzukehren, um seinem Volk den einzig wahren Glauben zu bringen. Aber noch ist die Zeit dazu nicht reif.

Und ich dachte, bei uns ist es der Gast, der entscheidet, wann er kommt und wieder geht, aber es war nur der Anflug eines Gedankens, ich fühlte mich wohl bei meinem Herrn, und war es nicht eine Ehre, bei ihm in der Villa Terzanabal am Kap des Heiligen Vinzent zu wohnen?

Nun bist du ein getaufter Christ, sagte ein paar Tage nach meiner Rückkehr von meiner Pilgerfahrt der Prinz. Frão Pedro wird dich in den Schriften unterweisen. Willst du?

Und ob ich wollte. Schon lange hatte ich die große Bibliothek in Terzanabal entdeckt und hielt sie für das Wertvollste im Haus des Prinzen. Jetzt lernte ich also die Sprache der Portugiesen auch zu schreiben, lernte arabische Zahlen, Algebra und Geometrie. Ich lernte Latein und Griechisch und alles in so kurzer Zeit, dass mein Lehrer zuerst die reinste Freude an mir hatte, später vielleicht auch Furcht, ich könnte ihn gar zu schnell überflügeln. Am meisten aber beschäftigten mich die Karten, und oft saß ich mit Jehuda Cresques zusammen, versuchte, die Karawanenwege einzuzeichnen, aber so vertraut und selbstverständlich sie mir waren, als wir sie gingen, so schwierig wurde es mir, sie auf diesem Stück Papier von oben, wie ein Vogel die Wüste überfliegend, zu bestimmen.

Wenn ich in der Schreibstube saß und Texte kopierte, schob sich oft das Bild eines kleinen Jungen vor meine Augen, der am Rande der *tenere*, der großen weiten Wüste, vor dem Zelt seiner Mutter saß und mit einem feinen Stöckchen Zeichen in den Sand malte. Hier schrieb ich mit Tinte, und meine Schrift war elegant geschwungen wie die Buchstaben des Tifinagh, meine Mutter wäre stolz auf mich, dachte ich. Zum Weihnachtsfest im zweiten Jahr meines Aufenthalts in Henriques Haus machte ich meinem Herrn ein Geschenk, an dem ich viele Monate heimlich gearbeitet hatte: Es war ein Buch, und ich nannte es *Sebastiani Africani descriptio certo de deserto Africano, ab indigenis Sarra nominato, de eiusque viis, foncibus, oasibus ac indigenis.* Darin hatte ich alles niedergeschrieben, was ich über die afrikanische Wüste und ihre Bewohner wusste, hatte unzählige Bilder eingefügt, auf denen man Menschen, Tiere und Pflanzen sehen konnte, und mein ganzer Stolz waren sechs große Karten mit allen Karawanenstädten, Brunnen und Oasen, Gebirgen und Pässen, ja, sogar die Alamos-Weiden und heiligen Akazienhaine hatte ich eingezeichnet.

Der Infant war über alle Maßen erfreut über dieses Geschenk und ließ aus Coimbra einen berühmten Illustrator kommen, damit er sich mein Werk besah und mich in der Kunst der Buchmalerei unterwies.

Das Buch auf seinen Knien, erzählte er mir eines Abends eine Geschichte, die ihm sehr am Herzen lag. Es ging nämlich die Sage von einem großen christlichen König irgendwo in Afrika, jenseits der Sarra, wie die Araber unsere Wüste nannten, einem Priesterkönig mit Namen Johannes. In dieser Hinsicht war ich eine große Enttäuschung, denn ich hatte niemals von einem solchen König gehört. Dennoch gab Henrique nicht auf, es war, als ob einer der Geister der Kel Essouf ihn lockte, es musste diesen Priesterkönig geben, da war er sich ganz sicher, und er war entschlossen, den Weg zu ihm zu finden.

Bist du nicht ein Karawanenführer?, fragte er mich.

Ich finde den Weg zu den Oasen, zu denen mein Vater mich führte, sagte ich bescheiden.

Ich weiß, sagte Henrique, dass er dort hinter deinem Land irgendwo auf mich wartet.

Mir stand die Weite der Wüste vor Augen, die Gebirge des El Attnah, die endlosen Geröllhalden des Air. Ich dachte daran, wie klein dieses Land der Portugiesen doch war, das man in wenigen Wochen zu Fuß durchqueren konnte von einem Ende zum anderen, und dass sich Henrique keine Vorstellung machte von den Ausmaßen der afrikanischen Länder. Selbst ich konnte das nicht, hatte niemals selbst den Fuß über den Fluss Gambia gesetzt, von den Völkern, mit denen wir Handel trieben, kannte ich nur die äußersten Grenzen. Karawanen ziehen auch nicht in Städte ein, sie lagern weit draußen, wo sie sicher sind, bewacht von ihren eigenen Leuten. Stets lagern sie in gebührendem Abstand von einer Oase, damit auch andere Karawanen die Möglichkeit haben, ans Wasser zu gelangen – viel zu oft hatte es kriegerische Auseinandersetzungen um dieses kostbare Gut gegeben. Es gibt Regeln, und jeder kluge Imajaghen hält sich an sie, so wie man niemals einen Baum fällt, da Bäume heilig sind, und das Wissen, in welchen Tälern der Wüste welche Bäume stehen, vor allem die kostbaren Akazien, wird von den

Vätern an die Söhne weitergegeben. Es ist erlaubt, Zweige zu schneiden für die Kamele, auch Früchte zu ernten, die Rinde anzuzapfen. Doch stets nur in dem Maße, wie es der Baum zu geben vermag, dann wird ihm gedankt, er wird gewässert, damit auch die Nachfolgenden dieses Geschenk nutzen können. Bäume retten Leben, und so waren mir Geschichten, wie sie schließlich von den Inseln Madeira und Porto Santo herüber kamen, vollkommen unverständlich. Um einen Teil des Waldes auf Madeira zu roden, hatten die Siedler Feuer entzündet, die die gesamte Insel verheerten. Sieben Jahre lang brannte diese Insel, und so wurde sie ihres wertvollsten Schatzes, der Bäume, beraubt, selbst der Infant war sehr zornig über diese Männer. Unvernunft nannte er es, ich nenne es Frevel, denke an die zerstörte Seele der Insel. Wer spricht von all den Tieren, die in diesen Flammen zugrunde gingen, ausgerottet für immer? Reißt denn der Wüstenlöwe mehr Antilopen, als er und seine Sippe verschlingen können? Rupft die Ziege mehr Gras aus der Erde, als sie braucht, um satt zu werden? Die Menschen hier aber sind wie mutwillige Kinder, die sich nehmen, was ihnen gerade gefällt, um es im nächsten Augenblick wie ein Spielzeug beiseite zu werfen.

In solchen Momenten dachte ich schon damals, wer weiß, vielleicht will es die Vorsehung, dass diese Portugiesen mit ihren Schiffen nicht weiter kommen als zum Kap Bojador. Noch heute träume ich manchmal davon, wieder in einer schwankenden Kiste zu liegen mit schmerzendem Kopf. Dann wache ich auf, öffne das Fenster, atme tief die Luft ein, gehe hinaus in den Kreuzgang des Klosters, wie ein Tier in seinem Käfig kenne ich jeden Schritt, gehe das Viereck mit geschlossenen Augen, gehe, versuche mir einzubilden, ich ginge immer geradeaus, aber es ist eine Lüge, ich gehe im Viereck, irgendwann im Kreis, so lange, bis mir schwindlig wird, dann kehre ich zurück auf mein Lager, schlaflos erwarte ich die Stunde des Morgengebets, aus der Dunkelheit in die Dunkelheit, das ist mein Leben, mein Los.

Führe mich zu diesem Priester Johannes, bat mich Henrique.

Damals hielt ich Wunder noch für möglich. Noch war alles ein Spiel, ein Geschenk, doch dann sah ich mit eigenen Augen, dass ich wohl der Erste, nicht aber der Letzte war, den sie aus afrikanischen Landen hierher verschleppten. Der Dom hatte anfangs versucht, es vor mir zu verheimlichen, denn jene Kreaturen wurden nicht wie Brüder und Schwestern behandelt so wie ich. Sie wurden als Sklaven verkauft und aufs Land gebracht, dort starben die meisten, heut weiß ich das, weiß alles, aber damals, da glaubte ich noch an die gute Absicht des Dom.

# 4

Die Welt gehört niemandem, so hat es mich mein Vater gelehrt. Aber nun erfuhr ich, dass die Welt dem Papst gehörte, der sie nach seinem Gutdünken verschenken konnte.

Der Papst ist der oberste Hirte der Menschheit, erklärte mir Frão Pedro. Aber die Menschen sind keine Schafe, wandte ich ein, es war zu der Zeit, als wir die Grenzländer seines Wissens bereits erreicht hatten. Immer häufiger fand der gute alte Mönch keine Antwort auf meine Fragen und er begann, sich bei Henrique über mich zu beschweren.

Hab Geduld mit ihm, bat mich der Dom, er hat dir alles gegeben, was er weiß. Wir werden bald einen anderen Lehrer für dich finden.

Die Welt gehörte also dem Papst, und der schickte ein großes Schriftstück, in dem er alle Länder, die durch Henriques Schiffe entdeckt worden waren und auch jene, die in Zukunft entdeckt werden sollten, dem Infanten vermachte.

Wie kann der Papst Länder verschenken, die er nicht kennt?

Der Papst ist der Stellvertreter Gottes auf Erden. Das mag dir genügen.

Es genügte mir nicht, aber ich schwieg. Aus Höflichkeit. Es schickt sich nicht, seinem Gastgeber zu widersprechen, so hatte ich es gelernt.

Von der Villa des Infanten führt ein Weg zu den Klippen hoch über dem Meer und folgt dort der scharfen Kante, wo das Land jäh abbricht und die Wüste des Wassers beginnt. Diesen Weg entdeckte ich in jenen Wochen, und bis heute bin ich ihn viele Male gegangen, ich breche in der Dunkeheit auf und kehre gegen Mittag zurück, wohin verschwindest du, Bruder, werde ich oft gefragt, und manch böse Zunge hat schon behauptet, ich gehe, den Teufel zu treffen, dort unten, wo das Meer seine gischtigen Wolken die Felsen hinaufschleudert. Offenbar kann nur ich ihn sehen, diesen Weg, der meine Sehnsucht nach Weite ein wenig stillt; außer einigen Kindern, die im Frühjahr und Herbst die Felsen hinunterklettern, um von ihren feuchten Flanken Muscheln zu brechen, habe ich dort niemals Menschen angetroffen.

Auch damals wanderte ich auf diesem Weg, dachte nach über alles, was ich lernte, verglich es mit dem, was meine Eltern für wert und heilig hielten.

Was aus ihnen wohl geworden war? Ich malte mir aus, wie meine Vettern von meinem Verschwinden berichtet hatten, und je mehr ich darüber nachdachte, desto sicherer war ich, dass sie alle glaubten, ich sei nicht mehr am Leben. Es wurde Zeit heimzukehren, das fühlte ich immer deutlicher, mein Vater brauchte mich, er hatte keinen anderen Sohn, und wenn, dann war er nach meinem Verschwinden geboren und viel zu jung für die Karawane. Die Wüste kostet einen Mann viele Jahre seines Lebens, sie saugt ihm die Kraft aus den Adern, und es ist gut, wenn ein Sohn da ist, um die Bürde zu teilen. Dies dachte ich und auch, dass ich die Gastfreundschaft des Dom bereits zu lange in Anspruch genommen hatte. Ich wurde den Eindruck nicht los, dass sich seine Haltung mir gegenüber in den vergangenen Monaten gewandelt hatte, mal schien er gereizt, dann wieder sollte ich beständig um ihn sein, bald schickte er mich unwirsch fort, um mich wenig später erneut zu sich zu rufen. Es schien, als wisse er nicht so recht, was mit mir anfangen, und immer häufiger sagte er mir unfreundliche Dinge. Ich war nun ein Mann mit meinen sechzehn Jahren, mein Aufenthalt in Henriques Haus jährte sich bald zum vierten Mal, das Spiel hatte lange genug gedauert, mit dem nächsten Schiff, so dachte ich, sollte ich heimkehren zu den Meinen.

Eines Abends also sprach ich die Sache unumwunden an.

Henriques Augen wurden schmal und dunkel, sein Gesicht ganz weiß. Lange sagte er nichts.

Du willst mich also verlassen, sprach er dann.

Und da sah ich zum ersten Mal ganz deutlich, dass

ich ihm offenbar sehr viel bedeutete, mehr, als ich mir vorstellen konnte, dass ich ihm mehr war als ein Gast, ein Freund vielleicht oder der Ersatz für einen Sohn, ein Bruder, mit dem er nicht um die Gunst des Königs ringen musste, sondern einfach Idrisa aus dem Land der Wüste, dem er die Welt erklären konnte, so wie er, Henrique, sie sah.

Hör zu, Sebastião, sagte Henrique schließlich. Du kommst aus einem fremden Land, und deshalb rechne ich es dir nicht an. Aber unsere Bräuche sind anders als eure. Hier bestimmt der Dom, ob einer bleibt oder nicht, verstehst du das? Und ich habe beschlossen, dich nicht gehen zu lassen. Noch nicht. Die Zeit ist nicht reif für eine Rückkehr, und du bist es auch nicht. Dein Platz ist hier bei mir.

Dann, ganz unerwartet, lächelten seine Augen. Er streckte mir die Hand hin, eine Geste, die mich mehr verwirrte als alles, was er sagte, nach kurzem Zögern ergriff ich sie und fühlte den festen Druck seiner Finger, die Wärme seines Blutes, ich sah auf diese beiden ungleichen Hände, die seine so weiß mit wenigen dunklen Haaren, die Finger kurz und dick, an einem prangte der Siegelring des Großmeisters, und darin meine Hand, sehr dunkel hob sie sich ab gegen seine, schmal, mit langen Fingern und bläulich schimmernden Halbmonden unter den Nägeln. Die Hand meiner Mutter, dachte ich. Und an diese Hand steckte Henrique einen schlichten Ring aus Gold, hier, sagte er, nimm diesen, als Zeichen meiner Freundschaft und tiefen Verbundenheit, Sebastião, den ich auszeichne vor allen anderen. Und ich bitte dich dafür nur um eines: Beleidige mich nie wieder mit der Bitte um Entlassung von meinem Hof.

Ich saß da, unfähig, ein Wort des Dankes zu finden. Starrte auf den Ring, den zu tragen mein Vater mir aufs Strengste verboten hätte. Gold bringt Verrat und Tod, lautete eine seiner Warnungen, wegen Gold töten sogar vernunftbegabte Menschen, Gold trübt den Verstand, so dass man alles Maß vergisst, und ausgerechnet ich saß nun da mit diesem Geschenk, das mich band an ihn, Dom Henrique, den Infanten, meinen Herrn. Der Ring war mir viel zu groß, und so steckte ich ihn an den Daumen, je länger ich ihn betrachtete, desto mehr gefiel er mir, je mehr ich der Stimme des Dom lauschte, desto deutlicher wurde mir, wie vertraut sie mir inzwischen geworden, und ich dachte, ja, wer weiß, er hat wohl Recht, mein Platz ist an seiner Seite, so will es mein Schicksal, was soll ich in der Wüste, wo die Menschen jeden Tag um ihr Überleben kämpfen, was nützt es mir, Gott in mir zu suchen und schmerzlich zu finden, wenn er hier in den Kirchen wohnt und durch die Sakramente zu den Menschen kommt, doch was ich mir nicht eingestehen wollte: Ich würde die Kühle der Bibliothek vermissen und das Kratzen der Feder über das Papier, die Bücher und Konvolute voller seltsamer Geschichten in all den fremden Sprachen, die nur darauf warten, von mir gelesen und verstanden zu werden. Und nicht zuletzt die Gespräche mit Henrique, seinen Gelehrten und Kartographen über die Versprechungen dieser so weiten und unbekannten Welt.

Die Schiffe fuhren also ohne mich ab, und jedes kam heim, ohne das Kap Bojador umsegelt zu haben. Stattdessen brachten sie Menschen mit, die sie entlang der Berberküste eingefangen hatten.

Sprich mit ihnen, befahl mir Henrique, gewinn ihr Vertrauen und frag sie nach ihrer Herkunft und Herrschaft, wovon sie leben und alles, was dir interessant erscheint.

Aber ich verstand ihre Sprachen nicht. Es waren bedauernswerte Kreaturen, in Lumpen standen sie vor uns und zitterten vor Angst. Als Imajaghen hatte ich Sklaven durch die Wüste geleitet, damals hatte ich mir nichts dabei gedacht, doch nun erinnerte mich jedes dieser Wesen an meine Heimat, an meine eigene Ankunft, und das Herz tat mir weh, als ich sah, dass viele krank wurden durch den Kummer der Gefangenschaft oder die ungewohnte Nahrung, und einige starben. Die anderen durften die Seeleute, die sie hergebracht hatten, als Sklaven behalten oder verkaufen, wie es ihnen dünkte, und ich dachte, wie glücklich ich doch war, in Henrique einen so großzügigen Herrn gefunden zu haben, der mich als Freund bei sich behielt und behandelte wie seinesgleichen.

Einmal brachten sie einen vornehmen Berber, einen Mann von vierzig Jahren, der die Sprache der Masufa ein wenig verstand. Dieser war in seiner Heimat ein angesehener Herr, und nach einigem Hin und Her konnte er Henrique davon überzeugen, dass es für alle das Vorteilhafteste sei, ihn gegen ein hohes Lösegeld freizulassen. In Gold, versteht sich. In den Wochen seiner Anwesenheit in der Villa Terzanabal lernte ich seine Sprache und das Schachspiel, und viele Stunden saßen wir beisammen, bis ich ihn endlich das erste Mal besiegte.

Und du, mein junger Freund, sagte er kurz vor seiner Abreise, was tut ein von Gott Verlassener, ein Tuareg, bei diesem christlichsten aller Fürsten?

Das Blut schoss mir ins Gesicht, als ich das Schimpfwort vernahm.

Ich genieße die Gastfreundschaft des Dom, sagte ich kühl.

Aha, meinte der Berber, ein Gast also. Mir aber sagte man, du habest dich taufen lassen?

Darauf antwortete ich nichts. Was ging es diesen Fremden an, was ich tat?

Soll ich dir sagen, was ich denke, fuhr er fort, entweder bist du ein Verräter … – ruhig, fahr nicht gleich auf. Ein Verräter an deinem Volk, und mir soll das nur recht sein. Vielleicht bist du aber auch ein Verräter an deinem Herrn Henrique? In beiden Fällen habe ich etwas für dich, ein Geschenk, weil du mir gute Dienste tatest. Hier, nimm, sagte er, und steckte mir eine winzige Phiole zu, ein Tropfen davon im Becher schenkt ewigen Schlaf. Du könntest es brauchen, wer weiß, für dich selbst oder für jemand anderen, vielleicht deinen Herrn? Es ist das Gift einer Schlange und wirkt sehr rasch, man schläft ein und wacht nie wieder auf, sag selbst, ist es nicht ein königliches Geschenk?

Nein, behalte es, sagte er, als ich das kleine blaue Glas angewidert auf den Tisch legte, er ergriff meine Hand und schloss meine Finger fest um das Fläschchen. Wie, du bist kein Verräter? Dann gibt es nur eine andere Möglichkeit: Du bist sein Gespiel, schön genug dazu bist du, du könntest selbst mich in Versuchung führen, und ich habe einen seltenen Geschmack. In diesem Falle magst du eines Tages das Geschenk der Schlange ebenfalls schätzen.

Ich glühte vor Zorn, doch die Tür ging auf und herein trat Dom Tristão, der Truchsess meines Herrn, der das Schiff anführte, mit dem der Berber in seine Heimat reisen sollte. Sein misstrauischer Blick ruhte länger auf mir als sonst, was ist los, fragte er, nichts, gab ich zur Antwort, dieser muselmanische Teufel wird mir allmählich zur Last.

Da lachte Tristão. Na, bald bist du ihn los, wir stechen schon diese Nacht in See, die Winde sind günstig, sag ihm, er soll sich bereithalten.

So reiste also der Berber zurück in seine Heimat. Als es aber an die Übergabe des Lösegeldes ging, da spielte er mit Tristão ein übles Spiel und prellte Henrique um das versprochene Gold. Erst stritt man lange darum, wie zu verfahren sei. Jede Seite misstraute der anderen, wurde zuerst das Gold bezahlt, so riskierten die Berber, dass die Portugiesen das Lösegeld nahmen, den Gefangenen aber nicht freiließen. Und umgekehrt fürchteten die Portugiesen, dass der Berber, einmal an Land, die Abmachung mit ihnen brechen würde. Also begab sich Tristãos Neffe als Geisel auf die Seite des Feindes, doch kaum war er dort, erklärten die Berber, jetzt sei die Lage ja ausgeglichen: der eine Verwandte gegen den anderen, von Gold wollten sie nichts mehr wissen. Und solange sie auch hin und her stritten, der Anblick seines Neffen am Ufer, einen Krummsäbel an der Kehle, veranlasste Tristão schließlich, den Berber ziehen zu lassen, ohne das versprochene Gold für ihn zu bekommen.

Dermaßen zu Narren gemacht, hatten sie nicht den Mut, vor Henrique zu erscheinen. So beschlossen sie, ihr Glück am Kap Bojador zu versuchen, doch auch sie fanden keinen Weg durch die Riffe und Klippen. Also segelten sie zu der Inselgruppe, genannt die Kanaren, versuchten, die größte Insel, die schon seit vielen Jahren der spanischen Krone unterstand, zu besetzen, unternahmen, als sie keinen Erfolg hatten, ein paar Einfälle auf der Insel Teneriffa, deren Eingeborene stark wie Bäume waren und mit Hilfe langer Stäbe die gefährlichsten Abgründe und Schluchten zu überspringen vermochten. Hier fingen sie eine Gruppe von Hirten ein, darunter eine Frau von nie gesehener Größe, und diese Menschen brachten sie zu Henrique.

Was habt ihr auf den Kanaren zu suchen?, sagte der ernst und schüttelte den Kopf. Dorthin habe ich euch nicht geschickt. Diese Inseln sind bekannt, ich weiß genau, wo sie liegen, in jeder Karte sind sie verzeichnet, die Kastilier sind dort. Rüste ich Schiff um Schiff aus, damit ihr spazieren fahrt und hier und dort Menschen einfangt, die mir nichts nützen? Wo ist das Gold, das ihr im Tausch gegen den Berber bringen solltet?

Da schwieg Tristão, sein Blick wanderte hierhin und dorthin, fiel schließlich auf mich.

Der da ist schuld, stieß er hervor. Am Tag der Abreise kam ich dazu, wie die beiden die Köpfe zusammensteckten und Dinge ausheckten. Kommen sie nicht beide aus demselben Afrika?

Such dir eine bessere Ausrede, Tristão, entgegnete mein Herr. Was sollte Sebastião davon haben, diesem Berber zu helfen? Nein, der war selbst gescheit genug, dich zum Narren zu halten. Ich nehme es dir nicht übel, aber du solltest so viel Ehre besitzen, selbst dafür geradezustehen.

Da senkte der Truchsess den Kopf, ich aber fühlte, von nun an würde ich in ihm einen Feind haben. Er hatte mich von Anfang an nicht gemocht, vielleicht neidete er mir die Nähe und den täglichen Umgang mit Henrique, und jetzt war er gedemütigt worden zu meinen Gunsten.

Als er ging, geleitete ich ihn zur Tür. Reichte ihm die Hand. Auf gute Freundschaft, Tristão, sagte ich. Er aber tat, als sei ich gar nicht da, und ging mit knallenden Absätzen davon.

Und hatte er nicht Recht? Verbarg ich nicht ein Geheimnis, das Fläschchen mit dem Gift einer Schlange, und wusste nicht, wohin damit? Täglich beim Gebet in der Kapelle beschloss ich, es Henrique zu übergeben, ihm alles zu entdecken, aber jedes Mal, wenn ich es aus dem Versteck holen wollte, erinnerte es mich an die Worte des Berbers. Entweder du bist ein Verräter … oder sein Gespiel …, und Scham und Zorn hinderten mich daran, etwas zu unternehmen. Dann war so viel Zeit vergangen, dass Henrique mich fragen würde, warum ich so lange gezögert hatte, warum ich ein so gefährliches Gift so lange verborgen hielt, und darauf gab es keine Antwort. Also behielt ich die blaue Phiole, kaum größer als der Nagel meines Daumens, und als ich für mich selbst ein eigenes Stundenbuch anfertigte, baute ich in den Einband ein winziges Geheimfach ein, gerade groß genug für das Geschenk des Berbers. Eingeschlagen in ein Stückchen Seide, wartete es darin viele Jahre, wartete, auch als ich es fast vergessen hatte, bis es mir wieder in den Sinn kam und ich es aus seinem Gefängnis befreite.

Hier liegt es vor mir. Der Schein der Abendsonne fällt durch das Fenster meiner Zelle, tastet über den Tisch, findet das blaue Glas und bringt es zum Leuchten. Es ist in der Form eines Skarabäus geschliffen, an der Stelle des Kopfes befindet sich ein winziger silberner Verschluss. Einst war der mit Siegellack verschlossen. Wie viele Tropfen es wohl noch enthält?

Genug für dich, glaube ich die Stimme des Berbers zu hören. Wie konnte er damals den Verräter in mir erkennen, der ich noch gar nicht war?

# 5

Und dann brachten sie eines Tages fünf Gefangene aus der Heimat meiner Mutter. Ich erkannte die Masufa sofort. Es waren fünf Männer verschiedenen Alters einer Familie, die sich mit einer Ladung Perlen nach Norden ins Reich Marokko aufgemacht hatten, um dort ihr Glück zu versuchen. Sie erzählten von einer großen Dürre, die zwei Jahre lang die Wüste und die umliegenden, grasbewachsenen Gebiete heimgesucht hatte, in denen die Masufa lebten, und wo die Kamele der Imajaghen zwischen den Karawanen auszuruhen pflegten. Die Weiden waren vertrocknet und die Imajaghen auf der Suche nach Futter für ihre Kamele in andere Gegenden gezogen, der Handel stagnierte, darum hatten sich die Männer selbst aufgemacht, um ihre Waren zu tauschen.

Diese Menschen kannten meine Eltern nicht, wohl aber entferntere Verwandte meiner Mutter. Mich hier im Land der Feinde zu sehen ließ ihren Mut wieder erwachen. Und ich versprach, mich bei meinem Herrn für sie zu verwenden.

Ich glaubte tatsächlich, Henrique würde ihnen allen die Freiheit schenken, wenn ich ihn darum bat, ja, ich war mir sogar vollkommen sicher. Er aber hörte sich meine Bitte an, dachte lange nach, dann sagte er:

Sebastião, was du von mir willst, ist unmöglich. Wie kann ich mein Wort zurücknehmen und die Seefahrer ihres gerechten Lohnes berauben?

Denn in der Tat war es den Seeleuten erlaubt, Beute zu machen, der fünfte Teil von allem aber stand dem Dom zu.

Dein Vater hat selbst mit Sklaven gehandelt, fuhr er fort. Glaubst du, er hätte sie freigelassen, weil ihn ein Freund darum bat?

Die Verwandten dieses Freundes ohne jeden Zweifel, antwortete ich. Sie wären fortan seine Gäste gewesen.

Henrique sah mich lange an.

Nun, sagte er dann, meine Männer und ich haben uns über die Beute bereits verständigt, ich habe mein Wort gegeben. Einer dieser Gefangenen steht mir zu, über ihn kann ich frei verfügen. Weil du mein Freund bist, und ich deinen Kummer verstehen kann, will ich diesem einen die Freiheit schenken. Er mag zurückkehren, wie es dein Wunsch ist.

Einer. Ich schluckte schwer an dieser Enttäuschung. Und wer ist der eine?

Das magst du entscheiden, sagte der Dom und lächelte sein kaum merkliches Lächeln. Ich trete mein Recht zu wählen für dieses Mal an dich ab.

Erst in jener Nacht begriff ich, welche Bitternis in

diesem Geschenk enthalten war. Ich durfte wählen, aber meine Wahl bedeutete für vier andere die Verurteilung zu lebenslanger Sklaverei. Diese Männer waren von schöner Gestalt, sie waren stark, alle versprachen sie einen stolzen Preis. Aber wenn ich daran dachte, was jeden Einzelnen erwartete, dann trieb es mich hinaus in den nächtlichen Hof, dort drehte ich meine Runden wie ein Gehetzter, bis ich schließlich wünschte, niemals von der Ankunft der Masufa erfahren zu haben.

Am nächsten Morgen wurde ich zu den Gefangenen gebracht. Ich gestand ihnen, welch kläglichen Erfolg mein Bittgang hatte. Einer von uns darf nach Hause, sagten sie und sahen einander an. Dann berieten sie und einigten sich auf den jüngsten unter ihnen, einen Knaben von vierzehn Jahren. Am selben Tag wurden die vier Übrigen in alle Winde verstreut. Arali aber blieb bei mir, bis das nächste Schiff den Hafen von Lagos verließ.

Ich setzte große Hoffnungen in diesen Jungen. Er würde meine Verwandten finden und meinen Eltern sagen, dass ich noch am Leben war. Ich schrieb eine Nachricht an meine Mutter, liebevoll malte ich die Buchstaben des Tifinagh auf ein Stück Papier, stellte mir vor, wie sie dieses seltsame Material betasten würde, denn so etwas hatte sie noch nie gesehen. Ich schrieb, dass Dom Henrique, Infant von Portugal, den Wunsch hegte, Handel mit den Imajaghen zu treiben, und bat meinen Vater, diese Möglichkeit zu bedenken. Schließlich war Arali fort, und ich betete täglich um seine sichere Heimkehr und darum, dass der Brief meine Familie erreichte.

Wie dankbar war ich Henrique, auch wenn ich mich schwer tat einzusehen, warum er nicht auch die anderen vier freigekauft hatte. Die Masufa hatten so viele kostbare Perlen bei sich getragen, zwei davon hätten genügt, um vier Männer freizukaufen. Aber ich fand mich damit ab und freute mich an dem Gedanken des heimkehrenden Arali.

Viele Jahre später erfuhr ich, dass er niemals in sein Land zurückgelangte, ja, Arali verließ nicht einmal den Hafen von Lagos. Die Seeleute sahen nicht ein, warum man eine so kostbare Fracht wieder ins Land der Barbaren zurückbringen sollte, sie betrogen Henrique, schafften den Jungen vor dem Auslaufen des Schiffs wieder an Land und verkauften ihn im Norden zu einem horrenden Preis. Und nochmals viel später gestand mir Henrique unumwunden, dass er selbstverständlich davon gewusst, ja, diesen Betrug gegen mich sogar angeordnet hatte. Ich wollte deine Gefühle schonen, sagte er. Aber einen Verwandten mit einem Brief an deine Eltern heimzulassen, das erschien mir nicht klug.

Warum?, fragte ich außer mir.

Du bereitetest deine Heimkehr vor, lautete die Antwort. Und ich war nicht willens, dich ziehen zu lassen.

Ich wäre nie auf den Gedanken gekommen, dass mich Henrique so betrog. Ich glaubte fest an Aralis Heimkehr. In Gedanken reiste ich mit ihm, erinnerte mich an meine eigene Überfahrt, stellte mir vor, wie es sein würde, mit meinem Vater eine Handelsverbindung zu Portugal aufzubauen.

Und als Henrique daranging, gemeinsam mit seinen Baumeistern und Kaufleuten eine neue Art von Schiff zu entwickeln, nahm ich voller Begeisterung an diesen Plänen Anteil. Denn wollte man eines Tages Waren transportieren, brauchte man größere Schiffe. Sie gleichzeitig noch wendiger als die bislang gebräuchlichen Barcas zu fertigen galt als zusätzliche Herausforderung. Schiffbauer aus Italien kamen und legten ihre Vorschläge vor, und so entstand nach und nach die Form der Karavelle mit ihrem bauchigen Holzkorpus, dem Deckaufbau und den beiden großen Masten. Ich half den Konstrukteuren, die Pläne zu zeichnen, und Henrique sah es mit Freuden.

Und doch wurde ich aus dem Verhalten meines Herrn nicht recht klug. Es gab Tage, da ließ er mich nicht von seiner Seite, sprach offen mit mir über seine Gedanken, seine Hoffnungen und Zweifel. Und dann gab es Tage, da er mich nicht zu sich vorließ, und wenn ich ihn später beim Gottesdienst sah, wirkte er bleich und voller Düsternis. An einem jener Tage bemerkte ich, dass sein weißer Kragen im Nacken mit Blut getränkt war. Ich fragte ihn bestürzt, ob er verletzt sei. Er aber gab mir keine Antwort.

Der Herr tut Buße, war die flüsternde Erklärung des

Mönches vom Kloster des Heiligen Kreuzes, der seinen Dienst beim Infanten tat.

Eines Tages werde ich dich darin unterweisen, sagte Henrique, der alles gehört hatte. Und länger als eine Woche bekam ich ihn nicht zu Gesicht.

Es waren die großen Jahre der Inseln. Tristão war nicht der Einzige, der die Kanaren besuchte. Als Fernão de Castro versuchte, dort die portugiesische Flagge zu hissen, kam es, wie es kommen musste: Es gab ernsthafte Verstimmungen mit dem Haus Kastilien, doch Henrique überredete seinen Vater, die Flucht nach vorn anzutreten. Jahrelang wurde verhandelt, natürlich ohne jedes Ergebnis, denn keiner wollte auf die Inseln verzichten. Dann ließ der König seine guten Beziehungen zum Papst spielen und reichte dreist den portugiesischen Anspruch auf die gesamten Kanaren ein – ungeachtet der Tatsache, dass die Spanier früher dort gelandet waren.

Der Papst, offenbar mit der Sache nicht recht vertraut, bestätigte diesen. Später zog er aber seine Entscheidung nach heftigstem Protest der Spanier wieder zurück.

Ich denke, der Papst ist unfehlbar?, fragte ich. Wie ist es dann möglich, dass er eine falsche Entscheidung trifft?

Ich erntete eisiges Schweigen.

Es folgte die Entdeckung der Azoren und deren Besiedelung, Schiff um Schiff verließ den Hafen von Lagos, das Lager derer, die Henrique kritisierten, wurde immer kleiner, auch wenn die meisten seinen Traum vom afrikanischen Gold noch immer für bloße Fantasien hielten.

Henrique aber hörte nicht damit auf, Männer auf Karavellen hinauszusenden, damit sie endlich das gefürchtete Kap umrundeten, und noch immer kehrten sie unverrichteter Dinge zurück. Es gab Tage, da geriet Henrique in einen visionären Eifer und erzählte mir von seiner Gewissheit, dass er von Gott auserkoren war, den christlichen Glauben bis an die Grenzen der Welt und noch darüber hinaus zu verbreiten. Er wurde nicht müde, mir von allen möglichen Omen und Weissagungen zu erzählen, und besonders hingerissen war er, als ein jüdischer Astrologe, den er von Salamanca hatte kommen lassen, ihm versicherte, in der Stellung der Gestirne sei der Grundstein gelegt für seine ganz besondere Sendung. Er begründete dies mit dem aufsteigenden Sternbild des Wassermanns im Haus des Mars, während sich die Sonne im Zeichen des Widders und gleichzeitig im 11. Haus befand, und mit zahlreichen besonderen Konstellationen der Planeten zueinander, die die Schlussfolgerung erlaubten, dass mein Herr Dom Henrique große Taten und unerhörte Entdeckungen vollbringen würde, die das Antlitz dieser Erde, mit Gottes höchster Erlaubnis, verändern sollten.

Da strahlten seine Augen, sein von Natur aus fahles Gesicht bekam Farbe, er sammelte seine Männer um sich und steckte sie an mit seiner Begeisterung. Und doch befiel ihn mit großer Regelmäßigkeit eine Schwermut, die alle um ihn fürchteten. Und manchmal war mir, als sei ich, wenn nicht der Grund, dann doch der Auslöser für die Verdüsterung seiner Gedanken.

Herr, was ist mit Euch?, fragte ich wohl manchmal. Was hab ich getan?

Vielleicht sollte ich dich doch nach Hause schicken, sagte er eines Tages so brüsk und unvermittelt, dass ich dachte, er jagt mich gleich davon.

Nein, Herr, wollte ich antworten, um ihn aus seiner Düsternis zu reißen, mein Platz ist bei Euch, und hier will ich bleiben, aber ich wagte es nicht zu sagen, denn ich war mir nicht sicher, ob ich es wirklich auch so meinte.

Ich lernte also, wie man Schiffe baut. Die Kunst, den richtigen Weg auf dem offenen Meer mit Hilfe der Position der Sterne zu finden, schien mir selbstverständlich. Sebastião wäre ein guter Seemann, sagte Ibraim Sidi ben Batra aus Sizilien, der die Kunst der Nautik beherrschte wie kein anderer. Er hatte sie den Genuesern gebracht und den Spaniern, seit vielen Jahren hatte Henrique versucht, ihn mit reichem Lohn nach Sagres zu locken, und endlich war der berühmte Mann gekommen.

Wenn euch am Kap Bojador dieses Vorgebirge den Weg versperrt, pflegte er den Seeleuten zu predigen, dann müsst ihr das Wagnis eingehen und ins offene Meer hinaussegeln.

Die Seemänner sahen einander an. Es war der pure

Wahnsinn, was dieser Ungläubige da von ihnen verlangte, es war gegen jede Vernunft und alles, was bis dato gegolten hatte.

Es ist unsere einzige Möglichkeit, wenn ihr das Kap nicht auf dem Landweg umgehen wollt, bestätigte Henrique, und die Männer lachten schallend auf.

Hinaus aufs offene Meer, fuhr Ibraim fort. Und dort navigiert ihr weiter nach den Sternen. Das haben schon andere vor euch getan, und der Araber lächelte überheblich in seinen Bart.

Die portugiesischen Seeleute ergriffen den Quadranten widerwillig und mit spitzen Fingern, lernten, mit der Windrose umzugehen, doch in ihren Herzen glaubten sie an das, was ihre Väter gesagt hatten, und wenn ich sie mir einen nach dem anderen ansah, dann zweifelte ich daran, dass einer von ihnen das Kap jemals bezwingen würde.

Zum *madugu* bist du geboren, oder du bist es nicht, hörte ich Khadas Stimme, ich sah keinen *madugu*, doch ich behielt diese Gewissheit lieber für mich.

Und immer wieder verstrickte ich mich mit Henrique und Frão Pedro in Dispute über die christliche Kirche.

Was hab ich falsch gemacht?, klagte Henrique manchmal, du bist in der Nautik besser bewandert als in den Fragen des Glaubens. Wie sollst du jemals dein Volk vor der Hölle bewahren?

Ich aber entdeckte immer mehr die Widersprüche in den Reden und Taten der Christen. Und eine Frage, die immer wiederkehrte, war die nach der Notwendigkeit, ja, dem Nutzen einer Instanz zwischen den Menschen und Gott. Bedeutete das nicht eine Trennung zwischen mir und ihm, die meiner Erfahrung so gänzlich entgegenlief?

Wie kann der Papst der Stellvertreter Gottes sein, wenn ich meinen Gott in mir trage?, fragte ich eines Tages.

Du bist voller Hochmut, sagte Henrique. Und zum ersten Mal nahm ich ihm seine Worte übel.

Ich hatte mit eigenen Augen gesehen, wie sich die Christen selbst geißelten. Nackt, nur mit einem Lendenschurz bekleidet und einer Kapuze über dem Kopf, zogen sie in der Karfreitagnacht durch die fackelerhellten Straßen, tief gebeugt unter schweren Kreuzen aus roh zusammengezimmertem Holz, auf den Knien rutschend, andere mit vielschwänzigen Peitschen, die sie sich selbst über den Rücken zogen. Unheimliche Trommeln rissen mich aus dem Schlaf, die ganz anders klangen als die Tanz- und Kampftrommler der Kel Kres, weder mitreißend noch anfeuernd, nein, diese dumpfen Schläge schienen aus der Tiefe der Erde gestiegen, um Angst und Schrecken zu verbreiten, wie das böse Gewissen oder die dunklen Kel Essouf.

Warum tun sie das?, fragte ich, entsetzt auf die tiefen Striemen deutend, aus denen das Blut quoll.

Ihrer vielen Sünden wegen, antwortete Henrique.

Was sind Sünden?, wollte ich wissen.

Du bist wahrlich in großer Gottlosigkeit aufgewachsen, wenn du nicht weißt, was Sünden sind.

Und Frão Pedro nahm sie alle mit mir durch. Die lässlichen und die schweren Sünden, die Sünden des Geistes und die des Fleisches, schließlich die Todsünden, für die man keine Vergebung zu erwarten hat.

Ich verstand noch immer nicht.

Ich hatte weder Gott gelästert noch ihn jemals verraten. Ich hatte stets Vater und Mutter geehrt. Ich hatte noch nie etwas genommen, das einem anderen gehörte. Noch hatte ich je getötet, hatte nie eines anderen Weib begehrt noch besessen, doch je mehr ich darüber nachdachte, desto mehr Fehler fand ich hier in diesem Land: War es nicht Diebstahl, wenn sie sich einfach nahmen, was ihnen nicht gehörte? Hatten sie nicht getötet, indem sie Menschen gegen ihren Willen hierher brachten, wo sie elendig zugrunde gingen? Lästerte man nicht Gott, wenn man heilige Dinge wie Bäume grundlos zerstörte? Nein, ich konnte keine Schuld in mir finden.

Komm, sagte Henrique zu mir und führte mich in seine private Kapelle. Er öffnete einen Schrein, entnahm ihm eine dieser vielschwänzigen Peitschen, schlug das Zeichen des Kreuzes und legte sein Gewand ab. Er gab mir die Peitsche, kniete sich nieder und beugte vor mir den Rücken. Ich stand sprachlos da. Noch niemals hatte ich ihn so gesehen, fast nackt. Auf seinem Rücken sah ich tiefe striemige Narben. Ich wusste nicht, was ich tun sollte, hier kniete Dom Henrique vor mir, atmete keuchend und schien irgendetwas von mir zu erwarten. Die Peitsche fiel zu Boden.

Nicht das, sagte ich. Und erschrak vor meiner eigenen Stimme. Herr. Das nicht.

Da erhob er sich. Stand dicht vor mir. Sein Atem berührte mein Gesicht. Er war kleiner als ich, gedrungen, seine Haut war weiß wie Alabaster, auf seiner Brust standen ein paar wenige dunkle Haare. Seine Augen brannten sich in meine, noch nie hatte ich diesen Ausdruck in ihnen gesehen, zieh dich aus, befahl er mir, leg dein Gewand ab, und ich, immer noch ohne jedes Verstehen, wich einen Schritt zurück, wehrte ab, nein, Herr, das nicht, aber er, so klein er auch war, fasste mich mit harter Hand, leg dein Gewand ab, gehorche, und wenn ich auch heute noch nicht verstehe, was zwischen ihm und mir geschah, so musste ich ihm doch gehorchen, legte die Kleider ab, schluchzend, Herr, wiederholte ich das eine ums andere Mal, das nicht, und dann zwang er mich vor dem Altar auf die Knie, hob die Peitsche und schlug mich, schlug und schlug, dass ich heulte wie ein verwundetes Tier, hier schlage ich dir den Teufel aus deinem Leib eines Engels, rief Henrique, wieder und wieder, weiche, Satanas, und als er genug hatte, da richtete er mich auf, nahm mich in seine Arme, tröstete und küsste mich, oh, schluchzte auch er, mein lieber Sebastião, wie schwer mir das fällt, aber ich muss es tun, und dann drückte er mir das scheußliche Instrument in die Hand, beugte wieder vor mir den Rücken, und ich, zitternd und weinend, warf es fort, aber er hob es auf, öffnete meine Finger und legte es hinein, schlag mich, geliebter Sebastião, bitte, geißle mich um meiner Sünden willen, denn ich habe gesündigt, glaube mir, ich kenne meine Schuld, und irgendwann packte mich eine solche Verzweiflung und heillose Wut, und ich holte aus, schlug mit all meiner Kraft auf diesen weißen, vernarbten Rücken ein, ja, rief der Prinz, so ist es richtig, mach weiter, und so schlug ich ihn, und während ich es tat, entdeckte ich ein Gefühl in meinem Herzen, das ich bislang nicht gekannt hatte, scharf brannte es wie die Striemen auf meinem Rücken: den Hass.

Ich erwachte in meiner Kammer. Ganz nackt lag ich auf dem Bauch, und Henrique pflegte meine Wunden. Mein Rücken stand in Flammen. Ich versuchte, so zu tun, als schliefe ich, und Henriques Hand war zart wie die meiner Mutter. Sie trug etwas Kühlendes auf die schmerzenden Stellen auf. Dann strich sie sanft über den unteren, unverletzten Teil meines Rückens, wanderte hinab, verweilte auf den Rundungen meines Gesäßes. Ich erstarrte. Noch nie hatte mich jemand in dieser Weise berührt. Nach einer Weile hörte ich den Infanten leise weinen. Dann ging er und ließ mich in meiner Verwirrung zurück.

So lehrte mich also Henrique, der allerchristlichste Herr, ein Sünder zu sein.

# 6

ICH, MÖNCH IM KLOSTER ZUM Heiligen Kreuz, dessen Buchmalereien in ganz Europa verstreut sind, geboren als Idrisa, Sohn des Khada vom Stamm der Kel Kres und Akh'bala, Tochter der Besidra vom Volk der Masufa, später getauft auf den Namen Sebastião durch die Hand des Infanten Dom Henrique, genannt der Seefahrer, ich schreibe auf, was damals geschah, damit die Welt erfahre, was hinter dem prächtigen Bild verborgen ist, das Azurara von unserem verstorbenen Herrn zeichnet. Bescheiden beuge ich mein Haupt vor dem berühmten Chronisten und seiner Kunst, wohl wissend, dass meine Confessiones nicht mit seinem Werk wetteifern können. Ich weiß, dass meine Rolle in dieser Geschichte die eines Sünders ist, aber ich schwöre vor Gott und den Engeln, dass ich mir meiner Schuld nicht bewusst war.

Worin bestand diese Schuld? Dass ich von schöner Gestalt war, ja, auch heute im Alter, trotz der Narbe, noch bin? Ich dachte, ich sei Idrisa, und wenn nicht der, dann Sebastião, aber das eine Mal nannte mich Henrique seinen Engel, dann wieder ein Werkzeug des Teufels. Er peitschte mich, um mich hernach mit der größten Zärtlichkeit zu pflegen. Als wir das erste Mal beisammen lagen, dachte ich, nun finden wir endlich Frieden, aber auch darin sollte ich mich irren.

Bei uns ist die Liebe zwischen Männern nichts Verwerfliches. Die Imajaghen sind frei zu tun, was ihnen richtig scheint. Auch die Frauen sind das, und niemand schert sich darum, ob sie einen Gefährten oder eine Gefährtin wählen in den langen Wochen der Abwesenheit ihrer Männer. Es war ein großer Fehler, dies Henrique zu erzählen, denn von nun an glaubte er wirklich, ich hätte diese in seinen Augen gottlose Leidenschaft in ihm erweckt, dass es meine Teufelei sei, mit der ich ihn an mich band, um aus ihm, der vorher gelebt hatte wie ein Heiliger, einen gottlosen Sünder zu machen.

Es kam die Zeit, als ich diesen Wechsel zwischen Lieben und Sühnen nicht mehr ertrug. Wohl wissend, dass er mir niemals die Erlaubnis geben würde, wartete ich eine seiner Inspektionen im Hafen von Lagos ab und verließ heimlich sein Haus. Frão Pedro sagte ich, ich wolle erneut zum Grab des Santiago pilgern, aber zunächst wanderte ich einfach landeinwärts Richtung Osten, so weit, wie mich meine Füße trugen, aus der Dunkelheit in die Dunkelheit. Ich war es nicht mehr gewohnt, auf die Weise der Imajaghen unermüdlich zu gehen, ich musste mich erst langsam wieder daran gewöhnen. Mit den Tagen wurden mein Herz ruhiger, meine Sinne klarer, ich fühlte morgens die Frische des Taus, grüßte am Mittag die Sonne, die in diesem Land nicht ihre ganze Macht enthüllt, verabschiedete sie am Abend und genoss besonders die Stunden der Dämmerung, wenn sich für kurze Zeit die Welt in einen blauen Mantel hüllt. Diese Wunder der Natur verzauberten mich immer wieder aufs Neue, so wie der Regen das Köstlichste ist, was ich mir vorstellen kann, heute noch verlasse ich dann das Kloster, stelle mich auf ein freies Feld und lasse das Himmelswasser auf mich herabfallen, empfange es mit offenen Armen, lasse es meine Kleider durchdringen, bis ich es auf der Haut fühle, trinke es mit offenem Mund.

Der Regen ist heilig, sagte ich schon damals zu Henrique, der mich ansah, als würde ich ihm die Welt ganz neu zeigen, aber mit mir hinauszugehen und den Regen zu begrüßen, dafür konnte ich ihn niemals gewinnen.

Kurz vor der andalusischen Grenze fingen sie mich ein.

Als sie mich vor Henrique brachten, war er blass vor Zorn. Klausur auf unbestimmte Zeit bei gleichzeitigem Fasten, lautete seine Antwort auf meinen Drang nach Freiheit. Letzteres machte mir nichts aus, ich nahm das Wasser und verweigerte die Nahrung ganz, und als Henriques jüngerer Bruder Fernão zu Besuch kam, sagte dieser, glaubst du nicht, du übertreibst es ein wenig mit dem Fasten? Wenn ich einen derart begabten

Illustrator hätte, ich würde ihn nicht einsperren und hungern lassen.

Henrique blickte gereizt.

Er wollte mir entfliehen, war seine knappe Antwort.

Er wollte eine Pilgerfahrt unternehmen, das sagt jedenfalls Frão Pedro.

Eine Pilgerfahrt nach Andalusien, zum Feind?

Er mag sich in der Richtung getäuscht haben.

Aber Henrique wusste genau, Idrisa, genannt Sebastião, irrte sich in einem niemals: in der Richtung.

Ich mochte Dom Fernão, er hatte ein offenes Gesicht und volle Lippen, die gerne lachten und blitzende Zähne sehen ließen. Und er mochte mich. Hin und wieder kam er in die Schreibstube, um meine Arbeit zu sehen und mit mir zu plaudern. Die Frauen liebten ihn und er liebte sie, und manchmal brachte er mich in Verlegenheit, wenn er mir erzählte, welche junge Dame mir ausrichten ließ, dass sie sich in Sehnsucht nach mir verzehrte und ihre Kammer des Nachts für mich offen ließ.

Es ist ein Jammer, lachte er dann, du bist der begehrteste junge Mann im ganzen Reich, dir laufen die Mädchen scharenweise nach, und du merkst es noch nicht einmal. Und er lachte, dass es durch die ganze Villa schallte, und noch mehr, wenn er bemerkte, dass ich über und über rot wurde. Ich glaube, ich muss mich um dich kümmern, sagte er einmal, wenn es mein Bruder nicht tut, dann muss ich dafür sorgen, dass aus dir endlich ein richtiger Mann wird, aber als er meinen Zorn sah, ließ er das Thema fallen und wandte sich meinen Illustrationen zu.

Mehr als die Buchmalereien interessierten ihn aber unsere Karten von den nordafrikanischen Ländern. Ich suchte ihm heraus, was er begehrte, und so erfuhr ich, dass er gemeinsam mit Henrique einen weiteren Angriff auf die Reiche der Kalifen erwog.

Eines Tages, mein lieber Sebastião, sagte Dom Fernão und sein Gesicht strahlte, eines Tages werden wir über all diesen Ländern die Fahne des Kreuzes hissen. Und er fuhr mit dem Finger mit einem solchen Eifer die ganze marokkanische Küste entlang, dass ich fürchtete, er könne die Tinte verwischen und auf dieser kostbaren Karte sein Reich im Schatten des Kreuzes bereits Wirklichkeit werden lassen.

Henrique sah es nicht gern, wenn sich sein jüngster Bruder bei mir aufhielt. Er war eifersüchtig, behandelte mich umso kälter, und in diesen Tagen glaubte ich nicht daran, seine Gunst je wiederzuerlangen. Warum hat er mich dann nicht ziehen lassen, fragte ich mich immer wieder, während ich meine Runden im Patio drehte. Es war mir nicht erlaubt, die Villa zu verlassen, und so war dieser abgemessene Hof die einzige Möglichkeit für mich, den Himmel zu sehen.

Du kannst ihn nicht so einsperren, sagte Fernão zu seinem Bruder. Er ist wie einer der Vögel, die im Herbst in den Süden ziehen und im Frühjahr wiederkehren, ich verstehe dich nicht, wieso lässt du ihn nicht für dich arbeiten?

Aber er arbeitet doch bereits für mich, nicht wahr, Sebastião?

Ich neigte den Kopf.

Ach, diese Kinderei mit den Büchern, das meine ich nicht, warf Fernão ein. Sebastião besitzt so viele Fähigkeiten. Er spricht die Sprachen Afrikas, warum schickst du ihn nicht auf einem deiner Schiffe als Übersetzer mit?

Es wurde still im Saal. Ich hörte mein Herz klopfen. Dann sagte Henrique:

Du willst wissen, warum ich das nicht tue? Er würde entfliehen, so wie er es gerade versucht hat.

Entfliehen? Zurück in die Wüste? Was sollte er dort? Sag, Sebastião, wie lange bist du am Hof meines Bruders? Fünf Jahre? Würdest du tatsächlich zurück in diese Barbarei wollen, in die Wüste, wo es niemals regnet, wo die Menschen so arm sind, dass sie die Milch der Kamele trinken?

Und Henrique sah mich an mit seinen misstrauischen Augen, ja, sag es selbst, Sebastião, würdest du mir entfliehen?

Ich fühlte seinen Hass und dahinter die verzweifelte Liebe, ich sah seinen Mund ironisch lächeln, und seine Hand sah ich zittern, und ich sagte, nein, mein Herr, warum sollte ich das?

Und es war das allererste Mal, dass ich log, denn in Wahrheit wusste ich nicht, was ich tun würde. Ich hatte so lange fest daran geglaubt, eines Tages nach Hause zurückzukehren, dann hatte ich die Hoffnung fahren lassen, aber das Heimweh kam und ging wie die Launen meines Herrn. Als nun Dom Fernão von dieser Möglichkeit sprach, da wurde es wieder in mir wach, und wenn ich es recht bedenke, war es mehr die Sehnsucht danach, unterwegs zu sein, als die nach der Wüste. Warum, dachte ich, muss ich wählen zwischen hier oder dort, warum kann ich nicht hin- und zurückreisen über das Meer und Henriques Reich mit der Wüste verbinden, so wie die Karawanen es taten mit den Reichen der Schwarzen und denen der Kalifen?

Dom Fernão sprach voller Eifer weiter. Was nützt es uns, sagte er, hin und wieder ein paar Menschen dort aufzugreifen, um sie hier zu verkaufen? Viel mehr Gewinn könnten wir machen, wenn wir Handel trieben mit seinem Volk. Warum schickst du ihn nicht zu ihnen, einen besseren Botschafter findest du nicht.

Henrique aber sah mich die ganze Zeit unverwandt an, und mir war klar, er wusste, dass ich gelogen hatte, und als er mich das nächste Mal peitschte, dachte ich, ja, jetzt hab ich es endlich wirklich verdient.

So war ich also ein Gefangener. Fünf Jahre hatte ich gebraucht, um meine Lage zu erkennen. Ich war siebzehn Jahre alt, nachts wachte ich immer häufiger auf in dem Gefühl zu ersticken, dann floh ich aus meiner Kammer hinaus in den Innenhof, mein Herz raste beim Anblick der mich umgebenden Mauern, mein Atem hechelte,

Schweiß trat mir aus allen Poren. Da half nur eines: mich flach auf den Rücken legen und hinauf in den Himmel starren, und wenn ich die Sterne sehen konnte oder den Regen spürte, dann kehrte langsam meine Ruhe zurück. Aber wehe, der Himmel war mit Wolken vermauert, dann litt ich bis zum Morgen unsagbare Qualen, lag auf den Knien, wiegte mich vor und zurück und sang Lieder aus meiner Kindheit, bis die Sonne aufging.

In jener Zeit starb König João I. Henrique nahm mich nicht mit zu den Trauerfeierlichkeiten und der Inthronisierung Duartes, seines ältesten Bruders. Drei volle Monde war er fort, und ich atmete leichter, meine Wunden verheilten, die Gespenster der Nacht befielen mich seltener, und doch vermisste ich Henrique, ja, ich sehnte mich nach ihm. Als er endlich wiederkam, war er verändert. Er besuchte mich noch am selben Abend in meiner Kammer, und dieses eine Mal liebten wir uns, ohne dass er mich vorher dafür schlug. Ich fühlte in der Glut seiner Umarmung, dass auch ich ihm gefehlt hatte, und wieder war ich voller Hoffnung, dass er Frieden finden könnte, und eine Weile schien es tatsächlich so zu sein.

Trotz der Trauer um seinen Vater, die sein Herz im Grunde nur mäßig verdunkelte, war er voller Pläne und Ideen. Denn mit seinem Bruder Duarte schien er in Fragen der Entdeckungsfahrten viel einiger zu sein, als er es mit seinem Vater je gewesen war. Der neue König übertrug ihm wertvolle Rechte, die ihn in den folgenden Jahren zum reichsten Mann Portugals machen sollten: die Monopole auf den Thunfischfang entlang der Algarve und auf die Produktion von Seife.

So war er bester Dinge und behandelte auch mich nicht mehr so streng, er öffnete mir die Türen, und auf meinen langen Wanderungen entlang des Cabo São Vicente wurde ich ruhiger.

So verflog die Zeit. Fünfzehn Jahre waren ins Land gegangen, seit Henrique Schiffe aussandte, und das Kap Bojador war noch immer nicht umrundet. Auch ein junger Mann namens Gil Eannes, auf den der Infant große Hoffnungen gesetzt hatte, kam ohne die gute Nachricht zurück. Der Dom war sehr streng mit ihm, ich war nicht dabei, es war in der Zeit meiner großen Ungnade, aber hinter vorgehaltener Hand erzählte man sich, dass Henrique ihn nicht mehr an seinem Hof sehen wollte, wenn er nicht endlich das anwendete, was er an Nautik gelernt, und die alten Ängste vor dem Ende der Welt überwand.

Ich glaubte nicht an Gil Eannes. Wenn ein Kapitän in Furcht ist und die Mannschaft nicht minder, dann nützen auch harsche Worte nichts. Doch ich sollte mich täuschen. Vielleicht war es gar nicht Eannes' Verdienst und sein großer Mut, wie man später zu erzählen pflegte, sondern eher auf die ungünstigen Winde zurückzuführen, die das Schiff so weit von der Küste weg ins offene Meer hinaustrieben, bis die Seeleute erkannten, dass man sehr wohl an diesem Kap vorübersegeln konnte, wenn man es verstand, ohne Sicht auf die Küste zu navigieren. Und war der Bann erst gebrochen, gab es kein Halten mehr und kein einziges Schiff kehrte in der Folge am Kap Bojador noch um. Und heute gibt es keinen Menschen in Portugal, der sich vorstellen kann, dass es so viele Jahre gedauert hat, dieses Hindernis zu überwinden.

Henrique triumphierte. Endlich lag die afrikanische Küste, so sagte er, frei ausgebreitet vor ihm. Gil Eannes aber überhäufte er mit den Zeichen seiner Gunst, erhob ihn zum Ritter und machte ihm großzügige Geschenke. Und so bald wie möglich schickte er ihn zusammen mit seinem Mundschenk, Alfonso Gonçalves Baldaia, wieder hinaus, um weiter in Richtung Süden vorzustoßen und, wenn möglich, Menschen aus unbekannten Ländern mitzubringen.

Von nun an erwartete ich die Heimkehr der Karavellen mit noch größerer Spannung. Ich selbst stand wieder am Strand und sah ein Schiff nahen, ohne zu ahnen, was ein Schiff war. Ich selbst fühlte wieder den harten Griff der Männer, die mich aufhoben und forttrugen, fühlte meinen Zorn und mein Aufbegehren, zog den *telek* gegen die Entführer.

All das war lange her. Ein Traum, mehr nicht. Misstraue den Bildern der Vergangenheit, hatte mich Khada gelehrt, es gibt keine Zeit als die unter den Hufen deines Kamels, was zählt, ist der Weg, und der liegt immer vor dir, egal, in welche Richtung du dich wendest. Was hinter dir liegt, ist keine Dattel mehr wert.

Und so lauschte ich beim abendlichen Essen an der großen Tafel in der Halle der Villa den Nachrichten über Spuren von Menschen und Kamelen, über die Scharmützel mit einer Gruppe von Mauren, denen die Portugiesen einen gehörigen Schrecken eingejagt hatten, bevor sie entflohen. Fangen konnten sie auf den folgenden Fahrten jedoch nur ein paar tausend bedauernswerte Robben in der Flussmündung, die sie Rio de Ouro nannten, sie schlachteten die Tiere ihrer Haut und des Fettes wegen ab.

Und je mehr Zeit verging und je weniger Neuigkeiten die Schiffe nach Hause brachten, desto mehr kehrte Henriques gereizte Stimmung zurück.

Es muss etwas geschehen, sagte er. Etwas Großes.

Und sah mich an.

Sebastião, mein Freund, sagte er, willst du an meiner Seite gegen die Ungläubigen kämpfen?

Was immer du willst, sagte ich, aber in meinem Herzen dachte ich, müsste ich da nicht zuerst gegen mich selbst die Hand erheben, denn solange ich auch schon die christlichen Sakramente empfing, so fremd war mir dieser Gott dort am Kreuz. Ihn mit Feuer und Schwert zu den Anhängern Mohammeds zu tragen schien mir die Sache einfach nicht wert.

Aber ich hatte gelernt zu schweigen. Und zu lügen. Mit lächelnden Augen, in denen nicht einmal mein Herr die Wahrheit lesen konnte. Ich brachte Henrique die Karten, die er wünschte, schrieb nach seinem Diktat Briefe an seine Brüder, an die Herren des Christusordens, den Papst. Henrique suchte Verbündete für einen Feldzug gegen Tanger, wir müssen sie in die Zange nehmen, sagte er, im Norden ihre Küstenstützpunkte besetzen, im Süden Verbündete finden, und wenn wir jenseits der Wüste endlich den christlichen König Johannes gefunden haben, dann jagen wir sie aus Afrika und auch aus Andalusien fort.

Und wieder dachte ich an die Dimensionen der Wüste, in der sich dieses kleine Land Portugal verlieren würde wie ein Hirsekorn in seinem Sack, er sollte einmal selbst ein Schiff besteigen, getrauten seine Seeleute sich manchmal, während eines hitzigen Abends mit Kannen voller Wein, zu sagen, dann wären seine Erwartungen nicht so hoch.

Erst ein Mal hatte er ein Schiff bestiegen, damals, als er gegen Ceuta fuhr. Und jetzt plante er, die Heldentat seiner Jugend zu wiederholen. König Duarte war in dieser Sache unentschieden. Dom Pedro, der zweitälteste Prinz, opponierte voller Nachdruck gegen die Pläne seines Bruders.

Was hat uns Ceuta eingebracht außer Kosten und Mühen?, fragte er während des großen Rats in Tomar. Außer großen Verlusten? Wir haben nicht die Mittel für derart aufwändige Feldzüge, und Kastilien wartet nur darauf, uns schwach zu sehen. Denkt an unser Volk, appellierte er an den König, statt immerzu nach fremden Ländern und Kontinenten zu schielen, die es vielleicht gar nicht gibt, sollten wir unsere Mühen in unser eigenes Land investieren.

Henrique aber lächelte gefährlich hinter seinem Bart. Was, lieber Pedro, sagte er freundlich, haben wir Portugiesen unseren Leuten zu geben, wenn wir es nicht anderswo nehmen? Die Welt liegt dort draußen, wartet auf uns. Wenn wir nicht kommen und all diese Länder besetzen, werden es eines Tages die Spanier tun, die Italiener oder womöglich die Engländer. Nein, mein Bruder, die Zukunft liegt in Afrika. Von dort kommen alle Schätze, von denen wir hier nur träumen. Bis heute machen die Araber damit ihre Geschäfte bis hin nach Indien, wo die kostbaren Gewürze herkommen. Sie sind reich, diese Ungläubigen, und lachen über uns. Aber wir werden ihnen diesen Markt entreißen. Damit nützen wir unserem Volk mehr, nicht nur heute und morgen, sondern noch viele Jahre nach unserem Tod. Wir müssen unsere kulturelle und moralische Überlegenheit über diese Welt voller Unglauben ausbreiten. Die Vorherrschaft über die Welt steht uns zu, denn wir allein haben den Mut, den einzig wahren Glauben hinauszutragen. Als Christen sind wir aufgerufen, ja, verpflichtet, diese Seelen vor der ewigen Verdammnis zu retten.

Dieser Meinung war auch der Papst. Und Henrique berief sich auf die *bula de crusada*, in der der Heilige Vater ausdrücklich betonte, dass ein Feldzug gegen Marokko »zweifellos dem Willen Gottes entspreche«, im

Sinne einer Fortführung der Reconquista und der Kreuzzüge zur Befreiung des Heiligen Landes.

Woher aber nehmen wir die Mittel, rief Dom Pedro erregt, wollt Ihr dem portugiesischen Volk tatsächlich eine weitere Steuer zumuten?

Über diesen Punkt wurde lange gestritten. Schließlich befragte der König sogar den berühmten Rechtsgelehrten Antonius de Pratovecchio, der nicht nur verschiedene Könige und Kaiser in den nördlichen Ländern, sondern auch den Papst in juristischen Dingen beriet. Als sein Gutachten endlich eintraf, war die Sache entschieden. Es besagte, dass König Duarte das Volk für einen gerechten Krieg durchaus zu Steuern heranziehen konnte: »*Collectam pro bello licite subditis imponi posse, ex quo bellum est iustum*«. Freunde machte sich der König damit freilich nicht. Nur unter größtem Protest stimmten die in Evora im Frühjahr des Jahres 1426 versammelten Cortes den Kriegssteuern zu. Und wie sich später zeigen sollte, standen weit weniger hinter dem Feldzug nach Tanger, als Henrique damals glaubte.

Einer aber hielt fest zu Henrique, und das war sein jüngster Bruder Fernão. Voller Begeisterung ging er daran, die Vorbereitungen für den Feldzug zu treffen.

# 7

WENN ER MIT UNS NACH TANGER ziehen will, sagte Fernão beim Abendessen, dann muss er kämpfen können.

Ich kann kämpfen, warf ich ein, und die Ritter sahen mich an und lachten. Wir Imajaghen sind gefürchtete Krieger.

Du bist kein Imajaghen mehr, sagte Henrique ruhig, wenn du gegen die Kalifen ziehst, dann bist du einer der Unseren.

Ich bin einer der Euren, sagte ich, aber ich bleibe doch mein Leben lang ein Imajaghen, so wie Ihr Portugiesen seid.

Doch als ich Henriques steinernes Gesicht sah, schwieg ich.

Und wie pflegt Ihr Imajaghen also zu kämpfen?, wollte Tristão, der Truchsess, mit scheinheiliger Miene wissen.

Wir haben *meharis*, die zum Kämpfen ausgebildet sind, sie sind schnell und wendig und ihre Hufe gefürchtet. Die Krieger tragen sehr lange und dünne Speere, die werfen sie mit Geschick. Und für den Nahkampf haben wir Dolche.

Aber ihr tragt keine Rüstung, wandte Fernão ein.

Nein, in der Tat, das war bei meinem Volk nicht üblich, und ich konnte mich an den Anblick der Ritter in ihren eisernen Schalen noch immer nicht gewöhnen. Was von Ferne herrlich wirkte wie ein Gewand aus purem Licht, erschien mir aus der Nähe plump und unpraktisch, die Ritter staksten einher wie kleine Kinder, die gerade laufen lernen, und machten fürchterlich quietschende und schnarrende Geräusche. Um einen Mann auf ein Pferd zu heben, waren mindestens zwei andere nötig, und ich konnte mir nicht vorstellen, wie man derart eingeengt unter der afrikanischen Sonne Kriege gewinnen wollte.

Wie anders waren da die Schaukämpfe in meiner Heimat gewesen, wo die Reiter in vollem Galopp vom Kamel sprangen, einen Feind niederrangen, um blitzschnell wieder hinaufzuklettern. Und waren die Pferde in Henriques Stall auch wunderbare Tiere, so waren sie doch kein Vergleich zu den viel größeren und schnelleren *mehari*, die den Feind schon allein durch ihre Erscheinung in Angst versetzen konnten.

Darum weigerte ich mich, als Fernão mir eine Rüstung anfertigen lassen wollte. Nein, sagte ich, in so einem Ding kann ich nicht atmen, wie sollte ich da kämpfen? Und zur Übung auf dem Turnierplatz erschien ich unter Gespött und Gelächter in meinen alten Imajaghen-Kleidern, samt *tagelmoust*, und da ich keine Waffen besaß, probierte ich die Schwerter und Speere der Portugiesen aus.

Fernão trat gegen mich an.

Los, Feind, zeig dich mir, wenn du den Mut hast, schrie er voller Übermut, und fuchtelte mit der Hand vor seinem Gesicht herum. Das nutzte ich für einen direkten Einfall gegen ihn, er, überrascht, schwang sein Schwert, aber mit einem glücklichen Schlag schlug ich es ihm aus der Hand.

Du bist schnell, sagte Fernão überrascht, zog seinen Dolch, und war blitzartig über mir.

Ich lernte von ihm so manchen Trick, aber auch ich erstaunte ihn immer wieder. Dein Turban ist tatsächlich ein Schutz, sagte er, als er den festen Stoff befühlte, aber ist er nicht auch hinderlich?

Weit weniger hinderlich als dein Helm, lachte ich, und schlug mit dem Griff meines Dolches dagegen. Was macht ihr Ritter, wenn ihr stürzt? Allein kommt ihr doch nie wieder auf die Beine!

So weit darf es nicht kommen, sagte Fernão ernst.

Ich übte auf meinem Pferd zu reiten, so schnell wie ein Wüstensturm, und brachte mir selbst die Kunststücke der Imajaghen-Kämpfer bei, sprang im Galopp seitlich vom Sattel und hob mich wieder hinauf, mal stand ich auf dem Rücken des Pferdes, warf einen Speer, dann glitt ich an den Flanken herunter und versteckte mich unter seinem Leib, um auf der anderen Seite wieder aufzutauchen.

Ich war ein Außenseiter unter den Mannen des Infanten, der »Schreiberling«, und die Ritter ließen mich das auch spüren. Er kämpft wie die ungläubigen Teufel, fing ich einmal im Vorübergehen auf, als ich mein Pferd in den Stall brachte, er wird uns Unglück bringen. Fernão aber lachte über meine Künste, versuchte, das eine oder andere nachzuahmen, aber einmal in die Rüstung gezwängt, war es unmöglich, sich so leicht auf dem Pferd zu bewegen.

Wie gerne hätte ich mein *mehari*, sagte ich eines Abends, als wir zusammen zu Tisch gingen. Was glaubt ihr, wie die Sarazenen erschrecken würden, wenn sie unter euch christlichen Rittern einen echten Imajaghen-Kämpfer entdeckten.

Mit einem Kamel können wir nicht dienen, nicht wahr, mein Bruder, sagte Fernão, aber du sollst die Waffen haben, mit denen du es gewohnt warst zu kämpfen.

Ich erinnerte mich an meinen silbernen *telek* mit den beiden roten Steinen am Knauf, den ich von meinem Vater bekommen hatte. Wer weiß, wo sich der heute befindet, sagte ich zu Fernão. Er aber nahm mich mit zu Henriques Waffenmeister, und nach langem Suchen brachte er ihn tatsächlich ans Tageslicht.

Da hielt ich ihn nun wieder in der Hand, nach all den Jahren. Meine Finger fuhren die feinen Zeichen und Ornamente entlang, und ich hörte wieder Khadas Stimme, sah das stolze Leuchten in seinen Augen. Führe ihn, wie ich vor dir und mein Vater und alle erstgeborenen Männer unserer Familie. Trage ihn im gerechten Kampf, dort möge er dir Glück bringen.

Gerechter Kampf, Vater, was ist das? Predigte Jesus nicht Friedfertigkeit und Langmut? Ich hatte das Neue Testament kopiert, ich kannte seinen Inhalt. Aber wenn ich mit Henrique die Schrift diskutierte, setzte er gegen meine Zitate andere, in denen wir aufgerufen werden, das Evangelium zu verbreiten. Wenn ich Widersprüche dennoch klar zutage brachte, wurde er ungeduldig.

Überlass diese Fragen den Priestern, sagte er, es steht dir nicht zu, die Schrift zu deuten. Seit Jahrhunderten schwelt dieser Streit zwischen den Anhängern Mohammeds und uns Christen, sie wollen uns vernichten und das Reich Allahs über alle Welt verbreiten, aber es wird ihnen nicht gelingen, denn Christus hat uns als seine tapferen Ritter.

Ja, dachte ich, wer weiß, sicherlich hat er Recht, auch Khada hasste die Sekte der mauretanischen Almoraviden, die den Glauben Mohammeds streng und unerbittlich deuteten und diese Lehren über den ganzen Maghreb und schließlich die iberische Halbinsel verbreitet hatten. Uns Imajaghen hatten sie gezwungen, uns immer weiter in die Wüste zurückzuziehen, weil wir ihren Glauben nicht wollten. Aber Khada, das war mir ebenso klar, wollte auch keine anderen Ritter, seien sie nun Christen oder etwas anderes, und schon gar keine, die mit Feuer und Schwert daherkamen und ihm vorschreiben wollten, woran er zu glauben hatte.

Selbst die Portugiesen waren sich nicht einig. Doch das Volk – wurde es überhaupt jemals gefragt, was es wollte? Die Entscheidungen fielen dort, wo reiche Menschen immer noch reicher werden wollten, und auch Henriques Interessen, das weiß ich heute, lagen auf einem anderen Feld als auf dem des rechten Glaubens.

Würdest du gegen die Kalifen in den Krieg ziehen, fragte ich ihn einmal, wenn Afrika ein armes, karges Land wäre, von dem du nichts zu erwarten hättest?

Er gab mir keine Antwort, aber ich wusste, ich hatte ihn an einer wunden Stelle berührt.

Aber die Menschen im portugiesischen Königreich waren es leid, in den Krieg zu ziehen, wenn es nicht darum ging, ihr eigenes Land zu verteidigen. Dieser Feldzug nach Tanger fand nicht die Zustimmung, die Henrique erwartet hatte. Und so kam es, dass sich statt der geforderten vierzehntausend Mann nur die Hälfte an Bord der Schiffe befand, die am 22. August 1437 von Restelo aus in See stachen.

Es sollten die finstersten Wochen meines Lebens werden. Dabei begann alles so erfolgverheißend. Bei gutem Wind segelten wir zunächst nach Ceuta, wo Henrique und ich mit fünftausend Mann an Land gingen, um Richtung Tanger zu marschieren. Fernão segelte mit den restlichen Mannen direkt auf unser Ziel zu. Der Plan war gut. Wir wollten die Stadt in die Zange nehmen, sowohl von der Landseite als auch von der See her belagern. Da ich ein schneller Reiter war, sollte ich als Verbindungsglied zwischen den beiden Lagern dienen. Henrique beschwor immer wieder den leichten Sieg über Ceuta, doch als wir Tanger erreichten, stand dort ein starkes Heer zur Verteidigung der Stadt bereit. Sieben Tage lang bestürmten wir die mächtigen Mauern, erlitten hohe Verluste, ohne auch nur einen einzigen Erfolg verzeichnen zu können. Und Salah ben Salah, der Verteidiger von Tanger, schien sich auf eine lange Belagerung einzustellen. Etwas schien mir faul an der Sache, ich konnte nicht sagen, was.

Mit Ahnungen führst du keinen Krieg, Sebastião, sagte Henrique knapp und beriet sich weiter mit seinen Leuten. Mich sandte er zu Fernão, der in der Nähe seiner Schiffe lagerte, dorthin waren die Verwundeten gebracht worden.

Gemeinsam mit ihm organisierte ich den Nachschub an Lebensmitteln zu Henriques Lager, und bald war mir klar, dass wir nicht länger als eine weitere Woche durchhalten konnten. An diesem Tag hatten zwölf Reiter einen kleinen, fast übermütigen Ausfall aus der belagerten Stadt unternommen und sich nach einem unbedeutenden Scharmützel in die Stadt zurückgezogen.

Was hältst du von dem Ganzen?, fragte mich Fernão. Das Lachen war aus seinem Gesicht verschwunden, Sorgenfalten furchten seine Stirn.

Ich weiß nicht, sagte ich, aber bei uns gibt es ein Sprichwort: Wo kleine Wolken tanzen, locken sie große an.

Was meinst du damit?

Ich schwieg, sah hinüber zu den Mauern der Stadt, dann zu den Bergen, die hinter Henriques Lager aufragten.

Wie viele Reiter kamen aus der Stadt, sagst du?

Zwölf.

Und wie viele kehrten hinter die Mauern zurück?

Fernão sah mich an.

Was du denkst, ist unmöglich, sagte er schließlich, nicht einer konnte unbemerkt durch unsere Reihen schlüpfen.

Was, wenn es ihnen dennoch gelungen ist, einen Boten um Beistand auszusenden?

Die Kalifen liegen alle miteinander im Streit, sagte Fernão, keiner hilft dem anderen.

Doch er schien nachdenklich und voller Sorgen, und zwei Tage später schlug er seinem Bruder vor, die Belagerung abzubrechen.

Wir haben zu wenig Männer, sagte er, da drinnen können sie lange ausharren, aber uns gehen die Vorräte aus.

Wir werden nicht unverrichteter Dinge nach Hause zurückkehren, sagte Henrique. Gott ist mit uns.

Fernão atmete tief aus.

Fast sechshundert Mann sind gefallen, sagte er. Dreihundert Verwundete liegen im Fieber auf den Schiffen. Wir sollten nach Hause zurückkehren und später mit einem größeren Heer wiederkehren.

Dann werden sie uns noch besser vorbereitet erwarten. Nein, beharrte Henrique, wir haben eine heilige Mission, denk an Ceuta, auch dort schien es unmöglich, und heute weht die Fahne mit dem Kreuz über dieser Stadt.

Ceuta nahmen wir im Sturm, hier aber reichen unsere Kräfte nicht aus.

So stritten sie, aber Henrique gab nicht nach, er beharrte darauf, die Stadt zu belagern und wieder und wieder zu bestürmen, und schließlich befahl er, Fernãos Heer mit dem seinen zu vereinen.

Wir müssen den Rückzug zu den Schiffen offen halten, wandte ich ein, aber Henrique winkte ab:

Haben wir erst die Stadt, dann sind alle Wege unser, sagte er, und befahl dem Priester, auf freiem Feld das Kreuz aufzurichten und einen Gottesdienst abzuhalten, um die Moral der Ritter zu stärken und den Feind einzuschüchtern.

Es geschah noch während des Gottesdienstes. Die Fanfaren erschallten aus den Bergen hinter uns. Und statt Kraft zu schöpfen aus den Worten des Priesters, sank den tapfersten Männern der Mut beim Anblick des riesigen Heeres, das sie da plötzlich hinter sich fanden. Es war der Sultan von Fes, der entgegen aller Erwartung und trotz früherer Feindseligkeit jetzt Salah ben Salah und der Stadt Tanger zu Hilfe kam. Die Lage war aussichtslos. Hier standen wir, die Belagerer, plötzlich zu Belagerten geworden, gegen eine schreckliche Übermacht, eingeklemmt zwischen der Stadt und dem Heer von Fes.

Zu den Schiffen, riefen unsere Heerführer, aber es war bereits zu spät. Unsere Überraschung geschickt nutzend, hatten uns die Sarazenen als Erstes den Fluchtweg abgeschnitten. In dem ungeordneten Getümmel, das immer mehr zum grausigen Gemetzel wurde, fiel die Hälfte unseres Heeres. Ich blieb stets in der Nähe meines Herrn, verteidigte und schützte ihn, so gut ich es vermochte, denn wie ich erwartet hatte, wussten die Angreifer nicht, zu welchem Lager sie mich zählen sollten. Die aus Fes waren sich nicht sicher, ob ich zur Stadt gehörte, die aus Tanger dachten, ich sei aus Fes mitgekommen. So hatte ich eine glückliche Hand und bewahrte Henrique vor manchem Angriff, doch als die Fanfaren der Muselmanen Einhalt boten und uns Verhandlungen in Aussicht gestellt wurden, da war das Schlachtfeld übersät von gefallenen christlichen Rittern.

Was macht ihr, wenn ihr vom Pferd stürzt, hatte ich damals auf dem Turnierfeld gefragt. Nun verendete die Blüte der Ritterschaft Portugals hier auf dem Feld vor Tanger, eingeklemmt in ihren Rüstungen.

Bei den Verhandlungen sollten wir einen alten Bekannten wiedersehen. Einer der Unterhändler war kein anderer als der vornehme Berber, der, nachdem er Henriques Gastfreundschaft genossen, ihn um das Lösegeld geprellt hatte.

So finster Henriques Miene beim Anblick dieses Mannes wurde, umso breiter war dessen Grinsen.

Oh, unser schöner Verräter, rief er aus, als er mich sah. Na, hattet Ihr schon Verwendung für mein Geschenk?

Ich beachtete seine Worte nicht, dankte meinem Gott, dass weder Henrique noch Fernão sie verstehen konnten. Tristão ließ mich nicht aus den Augen, während mir der Berber das unverschämte Angebot machte, mit ihm zu gehen. Komm, sagte er, du gehörst nach Afrika. Was willst du bei diesen grobschlächtigen Christen?

Die Botschaft der Gegner, die ich zu übersetzen hatte, war kurz und bündig. Die Kalifen garantierten freien Abzug zu unseren Schiffen mit all unseren Verletzten, wenn Henrique bereit war, Ceuta zu übergeben. Mein Herr wollte darauf nicht eingehen. Eher sei er bereit, den Märtyrertod zu sterben, rief er aus. Die Unterhändler aber waren unerbittlich, und schließlich blieb den Portugiesen nichts anderes übrig, als auf diese Bedingungen einzugehen.

Aber da war noch etwas, was die Feinde verlangten. Als Sicherheit für die Herausgabe Ceutas wollten sie den jüngsten Prinzen als Geisel. Und auch in diesem Punkt ließen sie nicht mit sich verhandeln. Es war ein bitterer Abschied, auch wenn ich überzeugt war, Fernão schon bald wiederzusehen.

Lass mich nicht zu lange warten, Bruder, sagte er beim Abschied zu Henrique. Der schloss ihn in seine Arme. Dann führte ihn der Berber davon.

Sicherlich ist es ein erhebendes Gefühl, als Sieger in die Heimat zurückzukehren, wenn auch die Schrecken des Kampfes noch einem jeden in den Knochen stecken, keiner ohne eine, wenn auch noch so kleine, Verwundung ist und der Preis des Sieges durchaus schmerzt. Aber unverrichteter Dinge und mit der Kunde von so herbem Verlust heimzukehren, wie wir es damals taten, war entsetzlich. Henrique sprach während der ganzen Überfahrt kein Wort. Damals glaubte ich, er sinne darüber nach, wie er möglichst schnell seinen Bruder aus der Gefangenschaft befreien konnte. Ich hatte keine Vorstellung, was ihn tatsächlich umtrieb, niemand konnte das erraten. Vielleicht die allgegenwärtigen Pfaffen, vielleicht der Erzbischof, ich weiß es nicht. Ich aber erhielt einmal mehr die Lektion, dass das Herz meines geliebten Herrn für mich ein Buch mit vielen Siegeln war und es immer bleiben würde.

## 8

Die Umarmung seines Bruders war noch frisch, als Henrique beschloss, Ceuta nicht aufzugeben. Er schwieg die ganze Heimreise, und erst, als wir vor den König traten, der Rat hielt mit den Infanten Pedro und João, dem Bischof von Braga und den obersten Cortes, erkannte ich, dass ich nichts von meinem Herrn wusste. Dass er mir in all den Jahren, die ich in seiner nächsten Nähe verbracht hatte, fremder gewesen war als irgendein Karawanier, mit dem ich während einer ganzen Reise nur drei Sätze gewechselt hatte.

Dort saßen wir also im Ratssaal hoch oben auf der Burg in Lissabon, und Henrique berichtete in knappen Worten von der Niederlage vor Tanger. Seinen Worten folgte ein langes, bedrücktes Schweigen.

Also müssen wir Ceuta aufgeben, sagte schließlich König Duarte.

Nein, gab Henrique ruhig zur Antwort, das werden wir nicht. Ceuta ist viel zu wichtig.

Für einen Moment war es totenstill im Ratssaal der Burg.

Das heißt, du willst unseren Bruder diesen Teufeln überlasssen?

Dom Pedro bebte vor Empörung.

Nein, sagte Henrique. Wir werden einen neuen Feldzug starten und ihn befreien.

Dom Pedro lachte höhnisch auf und schüttelte den Kopf.

Dom Henrique hat Recht, sagte der Bischof von Braga. Wir können Ceuta nicht in die Hände der Ungläubigen geben. Es ist die erste und einzige christliche Bastion im Land der Feinde. Denkt an das Gotteshaus, das wir dort errichtet haben. Soll es geschändet werden? Der Papst würde uns das niemals verzeihen.

Ich habe Euch vorausgesagt, dass dieses Unternehmen scheitern muss. Ihr wolltet nicht hören, tobte Dom Pedro. Jetzt sitzt Fernão dort im Kerker. Ihr habt Euer Wort gegeben. Wollt Ihr ihn dort vermodern lassen?

Ich habe bereits gesagt: Wir werden ihn befreien.

Unsinn, donnerte Dom Pedro los. Ich hab genug von Euren Hirngespinsten. Woher sollen wir die Mittel nehmen, um noch einen solchen Feldzug zu unternehmen? Nach all den Verlusten? Es war ein grober Fehler von Euch, nicht auf unseren Bruder zu hören und die Belagerung abzubrechen. Ja, auch ich habe meine Informanten, ich weiß, wie leichtsinnig Ihr den Rückzugsweg aufs Spiel gesetzt habt. Euch ist es zuzuschreiben, dass so viel Blut vergossen wurde für nichts.

Ihr solltet dort im Kerker sein und nicht Fernão, dann hättet Ihr sicher eine andere Meinung darüber, ob man Ceuta aufgeben sollte oder nicht.

Ihr irrt Euch schon wieder, Bruder, erwiderte Henrique genauso ruhig wie zuvor. Ich würde dieselbe Meinung vertreten. Weil sie die einzig Richtige ist. Und ich wäre glücklich, für meinen Glauben zu sterben. Denn es geht um mehr als um ein Menschenleben. Es geht um die Zukunft der Christenheit, nicht weniger und nicht mehr. Wenn wir die Mohammedaner derart ermutigen, indem wir ihnen Ceuta zurückgeben, dann können wir die Jahre an einer Hand abzählen, bis sie an unseren Küsten landen und unser Land mit ihrem teuflischen Aberglauben überziehen. Es ist noch nicht lange her, dass sie hier herrschten, habt Ihr das vergessen?

Dem pflichte ich bei, sprach der Bischof von Braga. König Duarte ist weise genug, das selbst zu erkennen.

Aber der König schwieg, starrte düster vor sich hin, und eine Weile sagte niemand etwas, Pedro kaute immer noch zornig auf seinem Bart, ich sah aus dem Fenster und hinunter auf die Stadt, eine Barca segelte den Tejo hinab, und ich dachte an Fernão, der in seinem Gefängnis saß und darauf hoffte, bald befreit zu werden.

Wir können unmöglich unseren Bruder im Stich lassen, sagte schließlich Prinz João, der zweitjüngste Bruder. Entweder wir befreien ihn, oder wir geben Ceuta auf. Etwas anderes kommt für mich nicht in Frage.

Das ist unmöglich! Es kostet uns drei, vier Jahre, um ein neues Heer aufzustellen, schrie Dom Pedro. Ist denn Euch allen die Wirklichkeit völlig abhanden gekommen? In welcher Welt lebt Ihr eigentlich? Wer weiß, ob unser Bruder nicht in einem halben Jahr schon tot ist?

João nickte.

Wenn die Kalifen erkennen, dass wir keine Anstalten machen, Ceuta zu räumen, werden sie ihn töten.

Sie haben uns keine Frist gesetzt, sagte Henrique, als ginge ihn das Ganze nicht besonders viel an.

Außerdem sind sie klug genug, sich nicht selbst einer so wertvollen Geisel zu berauben. Und dann suchten seine Augen die meinen und er sagte:

Außerdem hat mir Fernão beim Abschied das Versprechen abgenommen, Ceuta auf keinen Fall zu räumen. Lieber wolle er als Märtyrer sterben, als den Ungläubigen diese christliche Bastion zurückzugeben. Sebastião, der auch sein Freund ist, kann es bezeugen.

Ich konnte es einfach nicht glauben. Ich saß da, starrte meinen Herrn an und fand keine Worte. Wie konnte er so unverschämt lügen? Bei uns bedeutet die Familie alles. Lass mich nicht zu lange warten, hatte Fernão beim Abschied gesagt. Ist ein gegebenes Wort nicht heilig? Umso mehr, wenn das Leben des eigenen Bruders davon abhängt?

Ich bin gespannt, wie Azurara dieses Kapitel in Henriques Leben wiedergeben wird. Eine Herausforderung für den Chronisten, doch ich fürchte, auch diese wird er zu nehmen wissen. Inzwischen habe ich gelernt, dass die Christen für alles unter dem Himmel eine Rechtfertigung durch die Heilige Schrift finden, wenn sie es nur wünschen. Seit ich selbst ein Mönch bin, seit ich meine erste Predigt hielt, bin auch ich in dieser Kunst bewandert. Der Zweck heiligt die Mittel, heißt es, es gibt verschiedene Arten, einen Sachverhalt darzustellen, was ist Wahrheit, fragte schon Pilatus – und erntete von unserem Herrn Jesus Christus nur Schweigen statt einer Antwort. Von Anfang an haben mich Figuren wie Pilatus oder Judas mehr fasziniert als Maria Magdalena mit ihrem Balsamöl oder Petrus mit seinen Fischernetzen. Für sie war es einfach zu glauben, aber jene, die Fragen stellten, die wirklich wissen wollten, die erhielten auch von unserem Heiland keine Antwort. Dein Glaube hat dir geholfen, wie oft habe ich das ausgesprochen, wenn ich die Sakramente verteilte. Aber mir selbst war niemals die Gnade eines kindlichen Glaubens vergönnt. Und damals, als sie lieber an der steinernen Bastion in Ceuta festhielten, die ihnen rein gar nichts einbrachte, sondern nur Kosten verursachte, als den eigenen Bruder aus der Geiselhaft zu befreien, damals zweifelte ich nicht nur an der Schlüssigkeit der christlichen Lehre, so wie sie uns verkündet wurde, sondern auch an meinem Herrn. Ich hatte Fernão lieb gewonnen, er war für mich ein echter Freund geworden, ehrlicher und vorbehaltloser als jemals Henrique, und auch Freundschaft gilt bei uns als heilig, ist tausend Mal mehr wert als der größte Besitz.

Henrique gab mir keine Erklärung für sein Verhalten, und eines Tages hielt ich es nicht mehr aus.

Erklär es mir, bat ich ihn. Ich kann es nicht verstehen.

Er sah mich lange an, mit diesem Blick, den seine Männer so fürchteten, dann sagte er, Sebastião, ich weiß sehr gut, was in dir vorgeht. Es ist mir nicht entgangen, dass Fernão dir sehr nahe stand. Zu nahe. Drum schweige und erinnere mich nicht an deinen Verrat.

War es das? War es tatsächlich Eifersucht, die Henrique veranlasste, seinen Bruder dem Feind zu überlassen? Oder stand noch etwas anderes dahinter, was ich nie begreifen würde? Ich begann, Henrique zu fürchten, ja, sein Anblick wurde mir immer verhasster, und so ergriff ich dankbar die Gelegenheit, als der Bischof von Braga mich bat, im Mosteiro de Santa Cruz in Coimbra für ihn eine seltene Handschrift zu kopieren und mit meinen Malereien zu verzieren. Dagegen konnte Henrique nichts einwenden, zumal die Handschrift ein Geschenk für den Papst werden sollte. Erleichtert wanderte ich nach Coimbra, staunte über die prächtige Bibliothek, reihte mich ein in die Schar der berühmten Skriptoren und malte Tag für Tag Buchstaben auf kostbares Papier. Trotz meiner Abgeschiedenheit erfuhr ich doch jede Kleinigkeit, die sich am Hof zutrug. Die Frage, ob man Ceuta aufgeben sollte oder nicht, sorgte für immer größere Spannungen. Henrique hielt stur daran fest, diesen Brückenkopf auf gar keinen Fall zu opfern, plädierte für einen erneuten Feldzug gegen Tanger, und ich ahnte, dass er die Gefangenschaft seines Bruders benutzen wollte, um seine schmachvolle Niederlage wettzumachen und einmal mehr seinem zweitliebsten Unternehmen nach den Entdeckungsfahrten zu frönen: dem des Kreuzzugs gegen die Kalifen.

Aber aus diesem zweiten Feldzug wurde nichts. Die Monate gingen ins Land, Salah ben Salah sandte Botschafter, die an die Rückgabe Ceutas erinnerten. Der König war unentschlossen. Die Sorge um seinen Bruder und die Last der Entscheidung machten ihn krank, während beide Parteien an ihm zerrten und zogen. Die Kluft zwischen Pedro und Henrique schien inzwischen unüberbrückbar. João und die konservativere Hälfte der Cortes waren auf Pedros Seite. Die andere Hälfte, die von der Besetzung Ceutas und den Kreuzzügen profitierte, hielt zu Henrique. Und dann, im März des Jahres nach dem Tangerfeldzug, starb Duarte, einen unmündigen Sohn und eine ehrgeizige Witwe hinterlassend, und Fernãos Schicksal blieb weiter ungewiss.

Ich mischte strahlendes Ultramarin und dunkles Indigo. Gibt es etwas Köstlicheres als die Farbe Blau? Meine Buchmalereien sind berühmt für das heilige *ahlahal*, wie diese Farbe in unserer Sprache heißt. Blau und Silber, die Farben meiner Jugend, Weiß und helles

Rot, die Farbe des Blutes, zartes Grün für das erwachende Leben nach einem Regenschauer in der Wüste. Aber über allem steht das Blau, und voller Freude sah ich, dass auch hier sich Könige gern in diese Farbe kleiden, dass Blau als die Farbe der Mutter Gottes gilt. Und während ich Seite um Seite füllte, stritten die Infanten weiter, und ihr Zwist übertrug sich auf die Regentschaft, die sich laut Gesetz Duartes Witwe Leonore mit dem ältesten Infanten, Dom Pedro, teilen musste, bis Alfonso, Duartes fünfjähriger Sohn, alt genug sein würde, um als König eingesetzt zu werden.

Ich übertrug sorgfältig feinstes Blattgold auf die Inkunabel für den Papst, und wenn auch das Gold inmitten des Blaus seine ganze Wirkung entfaltete, so konnte ich meine anerzogene Abneigung dagegen nicht überwinden. Und war es nicht so, dass die Gier nach Gold die vernunftvollsten Menschen blendete? Stand hinter der Weigerung, Ceuta zu übergeben, nicht der Wunsch, endlich zu den Ländern des Goldes zu gelangen?

Der Streit schwelte weiter, während Fernão in Geiselhaft saß, und schließlich gab einmal mehr die Kirche den Ausschlag. Denn als der Papst schrieb, er stimme einer Rückgabe des Bistums Ceuta in keinem Falle zu, war Fernãos Schicksal besiegelt. Fünf Jahre sollte er noch in Salah ben Salahs Gewalt verbringen, die letzten – der Kalif von Tanger hatte inzwischen eingesehen, dass diese Geisel offensichtlich keinen Dattelkern wert war – unter schrecklichen Bedingungen. Dann starb er. An Ruhr, wie es hieß. Und ich beweinte einen Freund, wie ich ihn in diesem mir immer fremder werdenden Land nie wieder haben sollte.

Was wird bloß aus mir, fragte ich mich damals, im Kloster zu Coimbra, während ich die Handschrift für den Papst vollendete, neue Aufträge bekam und Buchstaben, Fabelwesen und Ornamente auf Papier malte, Seite um Seite. Ich hatte es nicht eilig, zu Henrique zurückzukehren, der wieder Schiff um Schiff hinaussandte, die immer weiter nach Süden vordrangen, Menschen jagten und neue Inseln entdeckten. Warum trittst du nicht ein in unseren Orden, fragte mich eines Tages der Großmeister der Kreuzritter, ich habe wohl bemerkt, wie du die Bibliothek frequentierst, unsere Scola ist eine der Besten in der ganzen Welt, du könntest bei uns ein richtiger Gelehrter werden, und ich dachte, ja, warum nicht, Hauptsache, keiner hindert mich daran zu gehen. Ich hatte in den vergangenen Monaten die gesamte Gegend erkundet, war über Felder und Wiesen bis in die Berge von Buçaco gewandert, wenn ich ein Dorf durchquerte, liefen die Kinder hinter mir her, und die Frauen traten vor ihre Hütten, starrten mir nach wie einer heiligen Erscheinung. Ich war kein Junge mehr, sondern ein Mann mit meinen einunddreißig Jahren, ich sah diese Welt mit neuen Augen, sah die Armut, das Elend der Menschen und fragte mich, ob Henrique in seinem ganzen Leben solche Dörfer besucht hatte. Dom Pedro hat Recht, dachte ich, was nützten diesen Leuten all die Schiffe, die mit hohem Aufwand nach Afrika fuhren. Lange schon hatte ich herausgefunden, dass es zwar die Christusritter waren, die die Expeditionen bezahlten, die Ordenskassen aber mit den Steuern der Bevölkerung gefüllt wurden. Die Gewinne hingegen verblieben bei denen, die ohnehin schon reich waren, bei den Seeleuten und Händlern, den Cortes und dem Christusorden, am meisten von allen aber verdiente Dom Henrique.

Gott weiß, ich bin ein Sünder, aber niemals lernte ich, mich wirklich schuldig zu fühlen. Wenn Henrique, der seinen Bruder im Stich ließ, keine Schuld fühlte und noch heute allgemein als Heiliger gilt, was sind dagegen meine Vergehen? Nein, ich fühlte keine Schuld, als ich auf meinen Wanderungen eine Frau traf und bei ihr Liebe fand, die so verschieden war von der Liebe zu Henrique, voller Zärtlichkeit und Wärme, ein glückseliges Geben und Nehmen, ohne den bitteren Geschmack des Schmerzes. Sie nannte mich ihren Engel, und so wurde aus Idrisa-Sebastião schließlich Anjo. Es war mein glücklichster Sommer, und ich weiß, diese Frau wäre mir überallhin gefolgt, selbst in die Wüste, doch in der Welt des Hofes war für ein Wesen wie sie kein Platz. Und als der Winter kam und Henriques Boten eintrafen, um sich zu erkundigen, ob ich meine Arbeit im Kloster nicht längst beendet hätte, als ich die Nähe von Spitzeln fühlte, da sagte ich ihr Lebwohl und sorgte dafür, dass sie zu Verwandten in den Norden zog. Ich wollte nicht riskieren, dass ihr ein Leid geschah.

Als ich vor Henrique trat, erschrak ich. Mein Herr war dünner geworden, sein Gesicht härter, die Wangenknochen standen hervor und verstärkten den grimmigen Ausdruck, der ihm ohnehin schon immer eigen gewesen war.

Willst du mir einen Gefallen tun?, fragte er mich.

Ich neigte mein Haupt.

Wenn ich kann, Herr, gerne.

Es stellte sich heraus, dass seine Schiffe bis zu einem Punkt auf der Höhe der Karawanenstadt Hoden vorgestoßen waren, die mehrere Tagreisen in der Wüste lag. Seine Leute hatten mehrmals das Land angesteuert und Menschen getroffen, auch ein paar Gefangene gemacht. Henrique aber schien Fernãos Gedanken aufzugreifen: Er wollte mit den Mauren in Kontakt treten, um Handelsbeziehungen mit ihnen aufzubauen, ja, vielleicht Verbündete zu gewinnen, und zu diesem Zweck bat er mich, als Unterhändler und Übersetzer auf einem der nächsten Schiffe mitzufahren.

Ich konnte es kaum glauben. Hatte er nicht immer gefürchtet, ich würde ihm entfliehen? Dachte er, nach all den Jahren sei ich hier heimisch geworden? Er hatte Recht, und er irrte sich. Zwanzig Jahre sind eine lange Zeit, aber ein Portugiese ist doch nie aus mir geworden. Was immer er glaubte, mein Plan war vom ersten

Moment an klar: Dies war die Gelegenheit, in mein Land zurückzukehren.

Ich bereitete mich vor. Ließ mir neue Kleider nach dem Muster meiner alten anfertigen, in weiß und hellblau. Den *tagelmoust* dagegen behält ein Imajaghen sein ganzes Leben lang. Ich übte mich in Tamasheq, unserer Sprache, und Tifinagh, der Schrift. Ich wiederholte die Dialekte der verschiedenen maurischen Stämme und das Arabisch, das mich der Berber gelehrt hatte. Ich fühlte eine Erregung, die ich sorgsam zu verbergen suchte. Ich hatte mich verändert, das half mir, meine Gedanken zu verstecken, aber diese Veränderungen machten mir Angst. Erinnerte ich mich an den Jungen, der vor so vielen Jahren vor Henrique gebracht worden war, naiv, neugierig, unfähig zu lügen, dann kam es mir vor, als sei nicht ich das gewesen, sondern einer, den ich einmal sehr gut gekannt hatte. Es wird Zeit, wieder der zu werden, der ich einmal gewesen bin, dachte ich. Und als das Schiff die Segel hisste, war ich entschlossen, niemals wieder hierher zurückzukehren.

So stachen wir in See. Henrique war gegen seine Gewohnheit mit zum Hafen gekommen, um uns zu verabschieden.

Bring mir gute Nachrichten, sagte er und umarmte mich, ich kann sie dringend gebrauchen.

Zum ersten Mal seit langer Zeit war er wieder aufgeschlossen, wie damals, als er seine Träume mit mir teilte. Warum macht er es sich so schwer, dachte ich, sich und allen anderen. Doch dann war es Zeit, an Bord zu gehen, und bald war Henrique, genannt der Seefahrer, nur noch ein kleiner Punkt auf dem Pier, dann nicht mehr zu sehen, die Karavelle segelte an den Ausläufern des Cabo São Vicente vorbei, am Leuchtturm des Klosters und den Mauern der Festung, bis auch all dies hinter mir zurückblieb und nichts mehr um uns war als die strahlende Bläue des Meeres.

# 9

Es war Tristão, Henriques Mundschenk, der das Schiff anführte. Tristão, der mich seit jener Geschichte mit dem Berber misstrauisch umschnüffelte. Er hatte das Gerücht ausgestreut, ich hätte bei den Verhandlungen vor Tanger den Feinden in die Hände gespielt, ich trüge Schuld an Fernãos Geiselhaft. Jeder wusste, dass das Unsinn war. Henriques Männer schätzten mich. Sie hatten gesehen, wie ich dem Dom in der Schlacht zur Seite gestanden hatte, und wenn ich auch kämpfte wie ein Heide, so mussten sie doch zugeben, dass ich gut kämpfte und keine Furcht kannte, und seither nannte mich niemand mehr einen Schreiberling.

Doch Tristão schätzte mich nicht. Ich wusste, wollte ich meinen Plan umsetzen, musste ich auf der Hut sein. Er würde mich bewachen, das war mir klar, Henrique hatte uns mit Bedacht zusammengespannt. Doch meine Mission verlangte, dass ich an Land ging. Wie sollte ich sonst in Kontakt mit den dort lebenden Menschen treten? Wenn ich erst einmal Sand unter meinen Füßen spüre, dachte ich, werde ich meinen Weg in die Freiheit schon finden.

Ich hatte versucht, mir die Gegend ins Gedächtnis zurückzurufen, in der meine Verwandten lebten, welche Wege ich mit meinen Vettern gegangen war, bis wir das Meeresufer erreicht hatten. Sicher, es war mehr als unwahrscheinlich, dass wir genau diese Stelle ansteuern würden. Dennoch. Wozu hatte ich bei Jehuda Cresques Kartographie studiert. Ich trug Karten bei mir, in denen ich alles verzeichnet hatte, was sich in meinem Gedächtnis wiederfand, doch gleichzeitig wusste ich, dass sie mir in der Wüste nicht helfen würden. Einmal an Land, müsste ich auf die Kräfte des *madugu* in mir vertrauen, dann würde ich früher oder später auf Oasen und Menschen treffen, die mir helfen könnten, den Weg zu den Meinen zurückzufinden.

Aber was ich jetzt am dringendsten brauchte, war ein ruhiges Gemüt und Geduld.

Den Nordwind im Rücken, segelten wir westwärts auf die Azoren zu und erreichten vier Tage später die Insel Puerto Santo. Wir hatten Sizilianer an Bord, die Zuckerrohrpflanzen mitbrachten und den Leuten auf diesen Inseln zeigen sollten, wie man sie kultiviert. Eine ganze Woche lagen wir hier vor Anker, und mir wurde die Zeit entsetzlich lang. Unter anderen Umständen hätte ich mit Vergnügen einen Gang über die Insel unternommen, doch sobald ich mich einige *leguas* vom Hafen entfernte, trieb mich eine nie gekannte Unruhe zurück zum Schiff.

Was lungerst du dauernd an Bord herum?, fragte mich Tristão eines Tages voller Spott. Sonst läufst du doch den lieben langen Tag über Stock und Stein, als wäre der Teufel hinter dir her. Fürchtest du etwa, wir segeln ohne dich davon?

Ich antwortete nicht. Stattdessen zwang ich mich, gelassen zu wirken, besuchte einige Händler und kaufte sogar einen Beutel mit Drachenblut oder »gummi arabicum«, wie es auch genannt wird, das auf dieser Insel aus Bäumen gewonnen wird. Ich kannte diesen Stoff, hatte ihn für meine Buchmalereien benutzt. Es handelt sich dabei um kleine Stückchen eines Harzes, das, in kochendem Wasser aufgelöst, einen Klebstoff ergibt, mit dem man die Farbpulver bindet und sie auf dem Papier haftbar macht. Ich würde keine Gelegenheit mehr haben, es zu benutzen, so dachte ich, doch es zerstreute Tristãos Argwohn, dem ich erzählte, wie sehr sich meine Skriptorenkollegen im Haus des Dom über das Säckchen freuen würden.

Endlich lichteten wir die Anker. Ich schlief unruhig, träumte jede Nacht von der Wüste, in der ich ging und ging, und am nächsten Morgen erwachte ich mit brennenden Füßen. Ich knetete und massierte sie, betrachtete meine Fußsohlen und erinnerte mich, wie sich Wochen nach meiner Ankunft in Portugal die Hornhaut in langen Streifen abgelöst hatte. Ich dachte an mein erstes Paar Stiefel, in denen ich anfangs nur eine Stunde gehen konnte, an die Blasen, die ich mir an dem harten Leder rieb, und das Gelächter der Diener, wenn ich auf der glatten Steintreppe ausrutschte. Mit den Stiefeln habe ich mich nie anfreunden können, und wann immer es möglich ist, gehe ich auch in Portugal barfuß oder trage Sandalen, die ich bei einem Schuster anfertigen lasse. Anfertigen ließ, sagte ich zu mir im Geist, bald bist du wieder Idrisa, und die Zeit der Schuhe liegt endgültig hinter dir.

Zum ersten Mal bekam also auch ich das Kap Bojador zu sehen, an dem so viele Seeleute gescheitert waren. Ich musste zugeben, die Brecher, hoch wie der Turm von Tomar, boten einen furchteinflößenden Anblick. An diesen Felsen, die teils über, teils unter dem Meeresspiegel liegen, bietet das Meer all seine Kräfte auf, ein tosendes Schauspiel aus schwarzem Wasser und weißer, wilder Gischt. Das Riff zieht sich weit hinaus ins offene Meer, Tristão aber umsegelte es in großem Bogen, und wenn ich ihn auch nicht mochte, so musste ich zugeben, dass er ein ausgezeichneter Navigator war. Mit dem Quadranten die Strahlen der Sonne suchend, rief er dem Steuermann seine Anweisungen zu, dabei herrschte eine Stille an Bord wie sonst nie, und mir war bewusst, welch ein Ereignis diese Umsegelung für die Seeleute auch so viele Jahre nach Eannes' Vorstoß bedeutete. Schließlich lag das Kap hinter uns, und die

Wasser wurden ruhig, die Winde waren stetig und kräftig, und bald erblickten wir wieder in der Ferne die Küste als einen hellen Streifen am Horizont.

Morgen, sagte Tristão, wenn die Winde so bleiben. Morgen sind wir an der Stelle, wo uns Dom Henrique befohlen hat, an Land zu gehen.

Ich atmete tief ein und wieder aus. Morgen also. So viele Jahre. Und dann waren es nur noch ein Tag und eine Nacht. Und die schienen mir länger und qualvoller als die ganze lange Zeit, die ich in der Ferne verbracht hatte.

Wir hatten lange darüber beratschlagt, wo wir am besten an Land gehen könnten.

Nicht gerade dort, wo ihr im vergangenen Jahr fünfzehn Männer hingemetzelt habt und sieben verschleppt, sagte ich. Die Verbliebenen werden uns nicht gerade wohlgesonnen sein. Wahrscheinlich haben sie das Lager ohnehin aufgegeben.

Es fiel den Portugiesen schwer zu begreifen, dass es keine Dörfer in Mauretanien gab, so wie in Portugal. Die Zelte werden abgebaut und anderswo wieder aufgestellt, es gibt Lieblingsplätze, sicherlich, und das Vorhandensein von Wasser bestimmt ohnehin die Wanderungen der Wüstenvölker.

Am besten, wir versuchen, so weit nach Süden zu segeln wie möglich, sagte ich. Dort haben sie noch niemals Schiffe gesehen und sind sicherlich aufgeschlossener als dort, wo ihr schon gewesen seid. Im Stillen aber dachte ich, dass ich über die südlichen Wege leichter zu den Plätzen finden würde, an denen die Karawanier von ihren langen Märschen rasteten, und egal, zu welchem Clan sie gehörten, von ihnen würde ich früher oder später erfahren, wo sich meine Familie aufhielt.

Henrique aber sah sich lange die Karte an, dann wies er auf eine Stelle.

Hier, sagte er, in dieser Gegend. Gonçalves war dort vor einigen Jahren. Er sagte, die Menschen seien dort verständiger und friedfertiger als an anderen Orten.

Am nächsten Abend erreichten wir also jene Stelle, die Küste sah aus wie überall, ein schmales, fahlgelbes Band, und ich wusste, direkt hinter dem Wasser begann die Wüste. Vor uns ragte ein einzelner Fels wie ein Horn aus dem Meer, diesen hatte uns Gonçalves als Erkennungszeichen genannt, und so ließ Tristão den Anker werfen.

Mein Herz schlug bis zum Hals. Am liebsten wäre ich sofort an Land gegangen.

Morgen früh, sagte Tristão. Noch ehe die Sonne aufgeht, und ich dachte, dann hat der Tag für die Imajaghen schon lange begonnen, nickte und zog mich auf mein Lager zurück.

In dieser Nacht machte ich zunächst kein Auge zu. Erinnerungen überfielen mich wie ein Schwarm Mücken. Idrisa, der mit seinem Vater am nächtlichen Feuer in der Wüste sitzt und Seile für die Kamele flicht. Khada, der den vorgezeichneten Weg verlässt, um den *madugu* einer entgegenkommenden Karawane zu begrüßen, mit ausgestreckten Händen gehen die beiden Männer in einer Diagonalen zu ihren eigentlichen Richtungen, reiben die Finger aneinander, wechseln ein paar Worte, die Idrisa nicht verstehen kann, der fremde Karawanenführer weist mit einer weit ausholenden Geste hinter sich, es geht um Alamos-Gras für die Kamele, ohne dieses Gras werden die Tiere den weiten Weg nicht überleben. Khada nickt, dankt, wieder die Hände, das Reiben der Finger, möge dein Weg immer vor dir liegen, Bruder, dann wieder in einer Diagonalen zurück zur Karawane, die inzwischen Idrisa geführt hat, Khadas Füße hinterlassen ein exaktes Dreieck im Sand.

Die Bilder gehen über in Träume, in denen ich meinen Platz neben Khada verlasse, weil ich weißen Vögeln nachlaufen muss, weißen Vögeln, auf denen Menschen reiten in glänzenden Harnischen, und als ich ganz nah bei ihnen bin, lösen sie sich auf in Nichts, ich wende mich um, doch die Karawane ist schon weit, ein Perlenband am Horizont, das stetig weiterwandert, und ich laufe hinter ihr her, ganz gewiss werde ich sie einholen, ganz bestimmt wird Khada warten, aber da höre ich Khadas Stimme: In der Wüste ist ein Fehler dein erster und dein letzter, ein falscher Schritt, und du bist tot, eine Karawane darf niemals anhalten, außer um zu rasten, aber ich bin schnell und werde laufen und werde sie einholen, meine Füße graben sich in den Sand, sinken ein bis zu den Knien, und je mehr ich mich bemühe, desto langsamer komme ich voran, die Karawane nur noch eine ferne Silhouette, hinter der nächsten Düne wird sie verschwinden, und ich wache schweißgebadet auf, gehe an Deck, um ein wenig Atem zu schöpfen.

Dort finde ich Tristão an einen Mast gelehnt. Er kaut Tabak, spuckt ihn aus.

So, dies hier ist also das Land, aus dem du kommst, sagt er, nicht freundlich, aber auch nicht unfreundlich.

Ja, sage ich. Meine Heimat liegt tief im Innern der Wüste.

Heimat?, fragt er. Stammst du nicht von einem fahrenden Volk?

Die Heimat der Imajaghen ist die ganze Wüste, will ich sagen, aber ich schweige, was versteht dieser Portugiese schon von dem Leben meines Volkes?

Meinst du, du kennst dich noch aus, dort, will Tristão wissen, und weist mit der Schulter unbestimmt in Richtung Küste.

Wir werden sehen, gebe ich zur Antwort. Und wieder beginnt mein Herz zu rasen, so dass ich ein paar Schritte gehe, vor zum Bug und wieder zurück, und als ich an Tristão vorbeikomme, sagt er:

Keine Überraschungen morgen, verstanden?

Und ich gehe zurück zu meinem Lager, ohne ihn zu beachten.

Am nächsten Morgen bin ich mir nicht sicher, ob nicht alles ein Traum war. Die Dunkelheit ist noch vollkommen, als Tristão ein Boot zu Wasser lässt.

Ich werde allein gehen, sage ich, doch Tristão lacht ein spöttisches Lachen.

Wir gehen zu siebt, sagt er, und mir sinkt der Mut. Doch als ich die Männer sehe, in ihren metallenen Harnischen, den schweren Stiefeln und den Helmen auf ihren Köpfen, da denke ich, sie werden nicht weit kommen in der Wüste, sie werden mir nicht folgen können, ich brauche nur eine gute Gelegenheit, dann bin ich fort.

Schweigend rudern die Männer an Land, ziehen die Boote weit hinauf in den Sand. Dann sehen sie mich an.

Führe uns, sagt Tristão.

Ich sehe mich um. Nichts. Sand. Leere. Ich gehe hinein in das Nichts, es ist dunkel, man sieht die Hand nicht vor den Augen. Da, mit einem Mal geht die Sonne blutrot auf und legt mir das Land zu Füßen: eben, vom Wind zerriffelt, weit dahinter, am Horizont, weiche, fließende Dünen.

Da ist nichts, sagt einer. Keine Menschen. Keine Siedlung. Seht ihr etwas?

Was meinst du, Sebastião, sagt Tristão. Das Land jagt ihm Schrecken ein, ich kann sie in seiner sonst so arroganten Stimme hören.

Das weiß man erst, wenn man hinter jene Sandhügel schauen kann, sage ich. Ich werde gehen und nachsehen.

Tristão zögert. Er hat keine Lust, selbst mitzukommen.

Einer wird ihn begleiten, sagt er dann. Wer meldet sich?

Es ist ein junger Bursche namens Nuño aus Coimbra, erst vor kurzem kam er an Henriques Hof, er tut einen Schritt nach vorn und schaut mich unternehmungslustig an, es tut mir Leid um ihn.

Und keine krummen Sachen, sagt Tristão.

Keine Sorge, sage ich so gelassen wie möglich, ohne Wasser kann ein Mensch in dieser Gegend keinen Tag überleben. Wir gehen ein paar Stunden, dann kehren wir um.

Er weiß nicht, dass ich unter den Falten meines Gewandes Wasserbehälter trage, genug für drei Tage, auch etwas Nahrung, ich brauche nicht viel.

So gehen wir los.

Nuño redet und redet, er stellt Fragen und wartet nicht auf eine Antwort, und ich denke, weiter so, und du wirst noch vor den Hügeln keine Kraft mehr haben. Irgendwann wird er stumm, der Schweiß rinnt ihm unter dem Helm hervor, sein Gehirn muss bald kochen, denke ich, schade um einen so netten Jungen.

Inzwischen sehe ich mich aufmerksam um. Keine Spuren, nirgends. Ich lausche, aber nur der Wind streicht heiß über uns hinweg, weht den Sand vor uns her. Ich muss aufpassen, denke ich, der Wind treibt ein spöttisches Spiel mit uns. Unmerklich verändern sich die Rillen, wenn ich nicht Acht gebe, gehen wir im Kreis. Auch die Dünen wandern, langsam, aber stetig, ich lasse sie nicht aus den Augen, kaum zwei Handbreit über dem Horizont, brennt die Sonne uns bereits erbarmunglos in die Augen. Nuño stöhnt. Er will umkehren, ich kann es fühlen, aber er wagt nicht, es vorzuschlagen.

Warum bleibst du nicht hier und wartest auf mich?, schlage ich vor. Nuño blickt sich um, wie auf der Suche nach einem Baum oder sonst einem einladend wirkenden Fleck, wo er warten könnte auf diesen seltsamen verhüllten Mann, der unbeirrt geht, als würde er die Hitze nicht spüren.

Die Wahrheit ist, ich spüre die Hitze. Wie ein greller Schrei tobt sie in meinem Kopf. Ich hatte vergessen, wie sich das anfühlt. Und es ist erst früher Morgen.

Ich muss diesen Knaben loswerden, denke ich, ich muss schneller gehen, sonst schaff ich es nicht.

Höre, Nuño, sage ich, du bist durstig und musst zurückkehren zu den anderen. Sag ihnen, dass ich etwas entdeckt habe dort vorne, siehst du den dunklen Fleck? Aber ich muss schneller gehen, sonst erreiche ich die Menschen oder was immer es ist nicht. Sag ihnen, ich werde zurückkommen, spätestens heute Abend nach Sonnenuntergang. Sag ihnen, keiner soll mir folgen, außer er sucht den sicheren Tod.

Nuño blinzelte hinüber zur Sonne, wo ich vorgab, etwas zu sehen. Da war nichts, und doch sagte er, ich kann es auch sehen, und ich will mit Euch kommen.

Sei kein Narr. Die Wüste ist grausam. Dies ist erst

der frühe Morgen, und du hast kein Wasser bei dir. Kehr um, hör auf mich. Gib Acht und folge unseren Spuren. Rasch, ehe der Wind sie auslöscht.

Und zögernden Schritts, sich vielmals umsehend, stapfte dieser tapfere Knappe in seinen eigenen Spuren zurück, ich aber atmete erleichtert auf. Dann versuchte ich, in meinen Schritt zu verfallen, das Tempo, das mich am wenigsten ermüdet, zu finden, und ging geradewegs auf die Sandberge zu, mich am Stand der Sonne orientierend.

Gegen Mittag hatte ich sie erreicht. Ich trank von meinem Wasser, steckte mir getrocknete Trauben in den Mund. Dann kletterte ich auf den höchsten der sandigen Hügel.

Da war sie, die Wüste. Golden und herrlich lag sie vor mir. Ich blinzelte, Tränen liefen über mein Gesicht. Ich fiel in den Sand auf meine Knie, und ein Schluchzen schüttelte mich. Ich wollte aufspringen und von der Düne hinunterlaufen, die nächste ersteigen und so immer weiter, aber da wurde ich ruhig, gib Acht, sagte Khadas Stimme, ein falscher Schritt in der Wüste bringt dir den sicheren Tod.

Wo sollte ich hingehen? Wo waren Menschen? Wo würde ich Wasser finden? Ich kniete lange im Sand und versuchte, die Richtung zu fühlen. Ich spürte nichts. Ich stand auf und ging eine Weile, immer in Richtung der Sonne, weg vom Meeresufer, hinein ins Herz der Wüste. Ich fühlte nichts. Ich blieb stehen, schloss die Augen, da waren der Wind und die Hitze der Sonne, mein eigenes Herz, das gegen die Rippen schlug, mein viel zu rascher Atem. Sonst war da nichts.

Zum nächsten Hügel, hinauf, hinab, und weiter. Nichts. Ich sah zurück, und die Wüste umfing mich bereits, von allen Seiten, vorne wie hinten, gelbe Wellen aus Sand, die bleicher und fahler wurden im Licht des steigenden Sonnenballs. Wohin soll ich gehen, Khada, fragte ich stumm. Wo bist du?

Die Füße begannen im heißen Sand zu brennen. Ich konnte nicht mehr still stehen, musste gehen, gehen, dann laufen, rennen, ich sank ein bis zu den Knöcheln, dann bis zu den Waden, Entsetzen stieg in mir auf, panische Angst, ich konnte nicht mehr ruhig denken, behalte immer einen kühlen Kopf unter deinem *tagelmoust*, hatte Khada so oft zu mir gesagt, egal, wie heiß die Sonne brennt, aber hier, inmitten des Meeres aus Sand, schrie ich den Namen meines Vaters, doch mir war, als käme kein Laut aus meiner Kehle, so endgültig riss mir die Wüste die Worte vom Mund und verleibte sie ihrer alles auslöschenden Stille ein. Und während ich dort am Fuß einer Düne kniete, die aussah wie hundert andere um sie herum, musste ich mir eingestehen, dass ich, Idrisa, Sohn des Khada, im fernen Portugal genannt Sebastião, der Afrikaner, kein Sohn der Wüste mehr war.

# 10

ICH DACHTE, ICH WÜRDE NIE wieder aufstehen. Einfach dort sitzen bleiben, sterben. Die Wüste würde mich einhüllen in ihr Leichentuch. So lange hatte ich von ihr geträumt. Hier war sie also endlich, sie war die Gleiche geblieben. Nur ich, ich hatte mich verändert.

Ich weiß nicht, wie lange ich dort saß. Irgendwann müssen meine Instinkte wieder erwacht sein, ich erinnere mich vage, dass ich mich, an meiner letzten Wasserflasche festklammernd, hinter der untergehenden Sonne herschleppte. Als die Sandhügel endeten, dort am Fuß der letzten Düne vor der großen Ebene, fiel ich bewusstlos nieder. Es war schon Nacht, und hätte nicht Tristão Pferde an Land kommen lassen, auf denen sie mich mit Fackeln suchten, die Wüste wäre tatsächlich mein Grab geworden.

An Bord kam ich zu mir. Tristão war wütend.

Was zum Teufel hattest du vor?, schrie er.

Aber ich konnte nicht antworten, meine Zunge war geschwollen, mein Kopf glühte, und so schloss ich wieder die Augen, verzweifelter, als ich es je in meinem Leben gewesen war.

Sie segelten weiter nach Süden, und ich lag auf meinem Lager im Fieber. Sie legten mehrmals an, kamen aber immer mit leeren Händen zurück. Dann entdeckten sie die Mündung eines Flusses, verbrachten dort einige Zeit und segelten auch ein Stück den mächtigen Strom landeinwärts. Sie trafen Eingeborene mit sehr dunkler Haut und tauschten Elefantenzähne, Perlen und Gold gegen billigen Tand. Höchstzufrieden mit diesen Erfolgen, kehrte Tristão schließlich nach Portugal zurück.

Sie mussten mich vom Schiff tragen. Meine Fußsohlen waren verbrannt, als ob ich über glühende Kohlen gegangen wäre. All die Wochen an Bord hatte ich kaum Nahrung zu mir nehmen können. Ich war so gut wie gestorben, doch mein Herz hörte nicht auf zu schlagen. Eine Niedergedrücktheit, wie ich sie noch niemals gekannt hatte, lastete auf mir, ich verbrachte die Tage, indem ich vor mich hin starrte, gesprochen hatte ich seit meinem Gang in die Wüste kein Wort.

Meine Seele war gestorben. So hätte es Khada ausgedrückt. Idrisa war dort in der Wüste geblieben, aber Sebastião hatte nicht die Kraft gehabt, mit ihm zu sterben. Lange Zeit war ich wie ein Schatten, nicht hier und nicht dort, bis ich endlich eines Morgens wieder in der Lage war aufzustehen. Seit meiner Reise waren vier Monate vergangen.

Henrique kam hin und wieder an mein Krankenbett. Aber während dieser nicht enden wollenden Tage und Wochen kristallisierte sich aus dem Strom der Bilder und Gedanken, die durch meinen Kopf zogen wie Wolken, ein Entschluss heraus: Ich würde nie mehr sein Geliebter sein. Und wenn ich mich daran erinnerte, wie er mich damals, ich war noch ein halbes Kind, in diesen Kreislauf aus Lust und Marter eingeführt hatte, erwachte endlich wieder Leben in mir, und was ich fühlte, war Hass.

Ich stand also auf, und das Erste, was ich tat, war nach dem Geschenk des Berbers zu suchen. Ich fand es im Rücken meines Stundenbuches, es hatte all die Jahre darauf gewartet, dass ich es wieder ans Tageslicht beförderte. Blau und verführerisch lag das winzige Fläschchen in meiner Hand. Entweder du bist ein Verräter, hörte ich wieder die Stimme des Arabers, dann wirst du es eines Tages brauchen, für dich oder wer weiß, vielleicht auch für deinen Herrn.

Einschlafen, um nicht mehr aufzuwachen, welch verlockender Gedanke. Doch je länger ich die Phiole betrachtete, desto deutlicher wurde mir, dass die Entscheidung schon gefallen war. Mehrfach. Dort, in der Wüste. Auf dem Schiff. Und hier auf meinem Lager. Es war noch nicht Zeit zu sterben, sosehr ich es auch wünschte.

Was ist dort passiert, fragte mich Henrique, als er mich das nächste Mal besuchte und erstmals im Sessel sitzend fand.

Ich gab keine Antwort.

Tristão sagt, das Ganze machte keinen Sinn. Warum bist du so weit in die Wüste hinausgelaufen? Du hättest sterben können.

Ich schwieg. Was gab es da zu sagen? Henrique betrachtete mich lange. Ich sah ihm offen in die schmalen, dunklen Augen, die so verschieden schauen konnten, misstrauisch, verschlossen, höhnisch und dann wieder um Liebe bettelnd. Ich war mir sicher, er wusste alles, aber es machte keinen Unterschied. Warum hast du mich in mein Land zurückgeschickt, dachte ich bitter, wolltest du mir beweisen, dass ich dort nicht mehr leben kann?

Dann sagte ich:

Ich möchte zurück nach Coimbra. Die Gelübde ablegen.

Und dazu schwieg er wiederum lange, bis er aufstand, um ohne ein Wort zu gehen.

Eine Woche später kam der Abt der Franziskaner vom Kloster zum Heiligen Kreuz, das kaum tausend Schritte von der Villa des Infanten entfernt am Cabo São Vicente liegt.

Unser Herr sagt, Ihr wollt unsere Gelübde annehmen, sagte er strahlend. Das ist eine große Ehre für unser bescheidenes Kloster! Kommt zu uns, sobald Ihr Euch gesund genug fühlt.

Ich war wie betäubt. Wie lange würde Henrique über mich verfügen wie über seinen Hund? Doch ich fand keine Worte, um den guten alten Abt von seinem Irrtum zu unterrichten. Stattdessen ließ ich mir eine Audienz bei Henrique geben, und trat auf meinen schmerzenden Füßen aus meiner Kammer, es war mein erster Gang, seit ich aus Afrika zurückgekehrt war.

Ich will nach Coimbra, sagte ich.

Henrique hob die Augenbrauen. Ich kann mich nicht erinnern, dass jemand zuvor so unhöflich zu ihm gewesen war.

Wenn du Mönch zu werden wünschst, dann sind die Franziskaner die Richtigen für dich.

Ich sagte, nach Coimbra.

Hör zu, Sebastião, sagte Henrique leise und drohend. Ich habe nicht Zeit und Geld an deine Erziehung verschwendet, damit jetzt die Kreuzritter die Früchte ernten. Du wirst bei den Franziskanern genauso glücklich sein wie in Coimbra. Sogar noch mehr. Außerdem genießt du hier die Gnade, in meiner Nähe zu sein. Mein Beichtvater ist alt, eines Tages wirst du ihn ersetzen und an meiner Seite sein, mein Freund. Sag nicht, dass du diese Gunst von dir weisen willst? Ich kann nicht glauben, dass du derart undankbar gegen mich bist?

Ich schluckte. Suchte und fand keinen Ausweg. Er lässt mich nicht los, dachte ich verzweifelt, und ich bin ihm ausgeliefert, mein ganzes Leben lang. Und bitter schmeckte mir diese Erkenntnis, denn ich wusste, dass ich keine Heimat mehr hatte, in die ich mich zurückträumen konnte, in der Hoffnung, irgendwann einmal wieder dort zu leben.

So wurde ich also Franziskaner. Und in einem behielt Henrique Recht: Dieser Orden entspricht meinem Wesen tatsächlich. Armut und Bescheidenheit, Verbundenheit mit der Natur, all das war mir ohnehin selbstverständlich. Die Lehre des Heiligen Franziskus erfüllte mich mit weit weniger Vorbehalten als die Regeln aller anderen Orden, und bald hatte ich auch im Kloster meinen Platz gefunden: Man machte mich zum Hüter des Feuers im Turm, dessen Schein den Schiffen bei Nacht den Weg weist. Niemals darf es je erlöschen, und da ich seit meiner Krankheit ohnehin keinen tiefen Schlaf mehr fand, der länger als zwei, drei Stunden anhielt, war ich wie geschaffen für diese Aufgabe.

An diesem äußersten Punkt, wo Europa endet und alle Träume Henriques begannen, steht, etwas abseits von den Klostergebäuden, der Turm. Eine steile Treppe führt hinauf zu einer überdachten Plattform. Hier hängt ein großer eiserner Korb, in dem mit Holzscheiten ein mächtiges, nie verlöschendes Feuer unterhalten wird. In einem Häuschen am Fuß des Turms wird das Brennholz gestapelt, zwei Mönche tragen die Verantwortung dafür, dass es immer gefüllt ist. In einem geflochtenen Korb trug ich auf dem Rücken das Holz die Wendeltreppe hinauf und fütterte das Feuer, was einfach war, wenn das Wetter freundlich, aber schwierig, wenn es Sturm und Regen gab. Und so manche Winternacht, wenn die Stürme tobten, verbrachte ich dort oben, nass bis auf die Haut, und hütete das Feuer, damit das Licht nicht erlosch.

Lange vor dem Kloster, als die Algarve von den Almoraviden beherrscht wurde, stand an derselben Stelle eine Moschee. Viele Sagen ranken sich um diesen Ort. Manche erzählen davon, dass vor der Moschee ein Kirchlein hier gestanden habe, in dem die Gebeine des Heiligen Vinzent ruhten. Zu allen Zeiten aber, ob christlich oder islamisch, wohnte an diesem Ort eine Schar von Raben, weshalb dieses Kap auch Cabo del Corvo genannt wird. Tatsächlich sitzen immer mindestens drei Raben auf dem Kirchendach, und es heißt, dass sie in früheren Zeiten Wanderer ankündigten, so dass der Prior schon vor ihrem Erscheinen die richtige Zahl an Willkommenstrunkbechern und Broten vorbereiten konnte. Die Raben zu meiner Zeit waren nicht so klug, aber sie leisteten mir in meinen einsamen Stunden auf dem Feuerturm Gesellschaft, einer wurde gar so zutraulich, dass er mein Brot mit mir teilte.

Mit meinem Raben und dem Feuer, dem herrlichen Ausblick über Land und Meer, in der Gesellschaft der Brüder fand ich langsam einen gewissen Frieden. Wenn ich mich nicht auf dem Turm aufhielt, lag ich vor dem Heiligen Kreuz, in dem die Splitter des wahren Kreuzes aufbewahrt werden, flach auf dem Boden, betend oder wenigstens in dem verzweifelten Versuch, noch heute bin ich mir nicht sicher, ob ich wirklich in der Lage bin, mit Gott zu sprechen. Oder ich saß an meinem Schreibpult und kopierte zur Freude meines Abtes Schriften, verzierte sie, schrieb für die Brüder Briefe und was man sonst von mir wünschte.

Nach ein paar Jahren begann ich zu predigen. Am liebsten sprach ich über die Todsünde der Völlerei. Ihr füllt eure Bäuche, rief ich von der Kanzel, weil ihr glaubt, so die Leere eurer Herzen zu füllen. Doch statt nur zu euch zu nehmen, was der Körper braucht, und auch der Seele zu geben, wessen sie bedarf, macht ihr euren Körper schwer und träge. Fastet mit mir und lernt die Freuden eines wachen Geistes kennen. Betet mit mir, und ihr werdet eurer Seele Nahrung geben.

Bald strömten die Menschen von allen umliegenden Dörfern herbei, wenn ich am Sonntag predigte. Männer wie Frauen hingen an meinen Lippen und wollten, eh sie gingen, dass ich sie segnete.

Ein anderes Thema, das mir am Herzen lag, war die Liebe innerhalb der Familie und gegenüber Freunden. Wer einen Freund in seiner Not allein lässt, der wird keinen Frieden mehr finden auf Erden. Wer seinem Bruder nicht zur Hilfe eilt …, aber nachdem ich das erste Mal darüber gepredigt hatte, kam unser Abt zu mir und bat mich verlegen, in Zukunft davon abzusehen.

Ich weiß, Ihr meint es gut, sagte er, aber Menschen, die Euch nicht so wohl gesonnen sind, könnten Euch diese Predigt als Kritik an unserem Herrn auslegen. Dabei ist das doch sicher nicht Eure Absicht.

Oh doch, das war es durchaus, und so kam es, dass ich wieder Stunden vor dem Kreuz lag, den Erlöser anflehte, mir endlich Ruhe und Frieden zu schenken, dass ich unter Tränen des Augenblicks in Santiago de Compostela gedachte, als das Licht mich in eine andere, blaue Welt entführte. Aber dieses Wunder sollte sich nie wiederholen, und ich lernte, mich mit dem Alltag im Kloster zu begnügen.

Ich versuchte, mich nicht mehr darum zu kümmern, was in der Villa Terzanabal vor sich ging. Wollte nichts mehr wissen von den Neuigkeiten, die die Seefahrer von den Küsten Afrikas brachten. Aber wie sollte das gehen? War doch meistens ich es, der die heimkehrenden Schiffe als Erster entdeckte und ihnen bei Nacht half, den sicheren Hafen zu erreichen.

So auch damals, als das Schiff des Lanzarote am Kap vorübersegelte und in die Bucht von Lagos einlief. Am selben Abend kam ein Bote, um mich auf Befehl des Infanten nach Lagos zu bringen.

Wie kann ich beschreiben, was ich dort sah? Lanzarote hatte mehr als zweihundert Menschen gefangen, und diese wurden am anderen Morgen auf ein Feld geführt, dem Stadttor gegenüber.

Was für ein Bild des Jammers. Ich sah in Gesichter, die noch hellhäutiger waren als meines, Berber, Mauren, ja, einen älteren Imajaghen fand ich unter ihnen. Dann waren da schwarze Menschen wie jene, mit denen Khada Handel getrieben hatte, jenseits des Gambia-Flusses, manche riesengroß und kräftig, andere klein und mit riesigen, angstvollen Augen. Sie hatten keine Ahnung, was sie erwartete, waren krank und elend von der Schiffsreise, halb verrückt vor Angst, manche warfen sich heulend zu Boden, andere saßen auf dem Boden und sangen Litaneien vor sich hin, wieder andere, Väter und Söhne, Mütter und Töchter, hielten sich verzweifelt aneinander fest. Und als die Seeleute begannen, diese Menschen in fünf gleichwertige Gruppen aufzuteilen, ergab sich ein furchtbares Leid, denn die Herzlosen trennten Kinder von Eltern, Schwestern von Brüdern, Männer von Frauen. Mütter schrien und schlugen um sich, als man ihnen ihre Kinder nehmen wollte, warfen sich über sie, um sie mit ihrem eigenen Körper zu schützen, Paare und Geschwister klammerten sich aneinander fest, und so war der Platz bald erfüllt von einem solchen Wehgeschrei, dass selbst die Bewohner von Lagos, die gekommen waren, um zu gaffen, Mitleid hatten und die Seeleute angriffen, ich sah eine handfeste Frau einem Seemann das Gesicht zerkratzen, damit er ein Kleinkind losließ, das sie der Mutter zurückgeben wollte. Doch war alles umsonst.

In diesem Durcheinander erschien Dom Henrique hoch zu Ross mit seinem Gefolge. Ruhe kehrte ein, nur noch das Schluchzen und klagende Singen der Gefangenen war zu vernehmen. Und unbewegten Gesichts wies der Infant, mein Herr, mit einem kleinen Stöckchen auf jene, die er für sich beanspruchte. Neunundvierzig waren es, die schönsten und kräftigsten, natürlich war der Imajaghen darunter. Und auch Henrique achtete weder auf den Erhalt von Familien noch auf Freundschaft.

Sprich mit ihnen, befahl er mir, als er mich erblickte.

Und was blieb mir anderes übrig, als jedem Einzelnen ins Gesicht zu sehen, meine Hand auf seine Schulter zu legen, unter der die meisten zusammenschreckten, als fürchteten sie, ich wollte sie schlagen.

Der Imajaghen hieß Adahu und war vom Stamm der Kel Tahalra, die Vasallen der Kel Ahaggar sind, und natürlich kannte er niemanden von meinen Leuten. Ich mochte ihn nicht, ich hielt ihn für unehrlich, doch Henrique war sehr an ihm interessiert.

Ich übersetzte lange Gespräche zwischen ihnen, und ich wunderte mich, wie wenig es mich noch interessierte, ihn von der Wüste erzählen zu hören. Eigentlich wusste er nichts wirklich Neues zu berichten, auch von einem König Johannes hatte er noch nie gehört.

Unter Henriques Gefangenen war auch ein hübscher kleiner Junge mit pechschwarzer Haut, großen Augen und vollen Lippen. Er war vielleicht acht Jahre alt und gemeinsam mit seiner wenig älteren Schwester entführt worden. Nun saß er im Eck und vergoss schimmernde Tränen, denn ein Seefahrer aus Lissabon hatte das Mädchen von dannen geschleppt. Ich versuchte, mit dem Jungen ins Gespräch zu kommen, doch er war untröstlich und verstand ohnehin keine der Sprachen, die ich kannte.

Ich werde ihn Fernão nennen, sagte Henrique, zum Angedenken an meinen Bruder, der den Märtyrertod starb für die Errettung Afrikas.

Da bat ich um Entlassung, und Henrique, zu meiner Überraschung, ließ mich gehen.

Gleich am folgenden Sonntag fand eine große Taufe in unserem Kloster statt. Stolz saß Henrique auf seinem Ehrenplatz und sah die Prozession von Täuflingen an sich vorüberziehen. Ich zweifle, dass auch nur eine der verängstigten Kreaturen wusste, was vor sich ging. Der Einzige, dem Henrique die Freiheit schenkte und der mit dem nächsten Schiff in seine Heimat zurückgebracht wurde, war Adahu. Ausgestattet mit vielen Geschenken, sollte er als Botschafter dienen und seinen Stamm dazu bewegen, mit Henrique Handelsbeziehungen aufzunehmen.

Der kleine schwarze Fernão aber wurde in der Kathedrale von Lissabon getauft, unter großer Anteilnahme des Adels der Königreiche Portugal, Kastilien und England, und es dauerte nicht lange, da verlieh König Heinrich von England Dom Henrique den Hosenbandorden, was, wie man mir erklärte, die höchste Auszeichnung dieses Reiches war.

Henrique behielt Fernão immer in seiner Nähe. Und ich hatte Mitleid mit dem schönen Knaben, wusste ich doch nur zu gut, was diese Gunst bedeuten konnte.

Tatsächlich galt Fernão einige Jahre lang als ein wahres Wunder. Mit zehn sprach er fließend Portugiesisch und Latein, mit vierzehn wurde er zum Priester geweiht. Henrique zeigte ihn herum wie eine kostbare Perle.

Schlägt dich der Herr, fragte ich ihn einmal beiläufig, als er in unser Kloster kam, um meine Handschriften zu sehen. Er zuckte zusammen, seine schwarzen Augen schwammen einen Moment lang in einem See aus Schmerz. Dann presste er die vollen Lippen zusammen und sagte: Gott und mein Herr wissen, ich bin ein großer Sünder. Da wusste ich alles.

Vielleicht war Fernão doch der richtige Name für diesen Jungen. Im Alter von fünfzehn Jahren starb er. Ich konnte niemals herausfinden, woran.

## 11

WARUM MÜSSEN DIE MENSCHEN zerstören, was sie lieben? Denn wenn Henrique auch den Almoraviden den Krieg erklärt hatte, so bewunderte er sie doch, sie und ihre Baumeister, ihre Künstler und Wissenschaftler, von denen er ständig einen oder mehrere an seinem Hof beschäftigt hielt. Er liebte das Fremde, keiner weiß das so gut wie ich, und doch musste er es sein Leben lang bekämpfen und zerstören.

Und liebte nicht Henrique im Grunde seines Herzens alle seine Brüder, auch wenn sie oft nicht derselben Meinung waren?

Eines der Dinge, die ich lernte, als ich vor so vielen Jahren an Henriques Hof kam, war der Geist und das Ideal der Ritterlichkeit. Es gab Regeln, und mir waren die meisten vertraut, die Imajaghen lebten nach ähnlichen Grundsätzen. Tapferkeit im Kampf war eine davon, und eine andere Treue gegenüber den Freunden, bis hin in den Tod. Die Familie steht über allem, und einen Teil dieser Familie stellten auch die Freunde und

Waffengefährten eines Ritters dar. Heute scheinen mir diese Tugenden weitgehend vergessen. Für mich wurden sie gemeinsam mit Fernão zu Grabe getragen, nachdem sein Leichnam von Tanger überführt worden war.

Die königliche Linie der Avis, Henriques Großvater hat sie begründet, wurde in den Jahren nach Duartes Tod auf eine harte Probe gestellt. Der Feind kam nicht von außen, weder Kastilien noch die Almoraviden machten Anstalten anzugreifen, der Feind kam von innen, so wie die Fäule am Kernhaus eines Apfels von innen her die Frucht zerstört. Dom Pedro und Königin Leonore, die Mutter des kleinen Alfonso, waren sich von Anfang an nicht einig gewesen. Während der ersten Jahre ihrer gemeinsamen Regentschaft hatte sich Pedro durchsetzen können, aber nur, weil er sich mit Henrique verbündete. Henrique war ein kluger Politiker, der nicht unbedingt das Wohl des ganzen Landes im Auge hatte, dafür aber seine eigenen Interessen und die derjenigen, die von den Entdeckungen profitierten. So unterstützte er Pedro, mit dem er seit der Niederlage von Tanger im Streit gelegen hatte, gegen Leonore, und als Gegenleistung überschrieb ihm sein Bruder weitreichende Privilegien. Er bestätigte alles, was Duarte Henrique bereits gewährt hatte, und fügte neue Rechte hinzu. So konnte niemand ohne Henriques Erlaubnis ein Schiff ausrüsten und aufs Meer hinaussenden, und eine solche Erlaubnis ließ er sich teuer bezahlen.

Doch die Karten wurden neu gemischt, als Königin Leonore überraschend starb. Der Herzog von Braganza, ein illegitimer Sohn Joãos I. und somit ein Halbbruder der Prinzen, der die Partei der Königin anführte, intrigierte mit großem Erfolg gegen Dom Pedro. Alfonso war durch den Einfluss seiner Mutter ohnehin völlig gegen den Onkel eingenommen, und als er ein paar Monate nach ihrem Tod im Alter von vierzehn Jahren zum König gekrönt wurde, fiel Pedro vollends in Ungnade.

Wir alle erwarteten, dass Henrique und sein jüngerer Bruder João ihren Einfluss geltend machen würden, um den Frieden innerhalb der königlichen Familie wiederherzustellen. Denn Alfonso bewunderte von klein an seinen Onkel Henrique und war fasziniert von den Reisen in die neue Welt und den sagenumwobenen Entdeckungen. Und tatsächlich hielten sich die Infanten seit der Thronbesteigung ihres Neffen alle bei Hofe auf. Drei Jahre vergingen, doch die Spannungen wurden immer größer, die Nachricht von Machtkämpfen drang bis in unsere Abgeschiedenheit des Klosters am Cabo São Vicente.

Was in diesen Jahren wirklich geschah, ich kann es nicht sagen. Ich versuchte, das alles zu vergessen, hütete das Feuer, sprach mit dem Raben, predigte den Segen des Fastens, schrieb und illustrierte den Sonnengesang des Heiligen Franziskus. Ich besuchte regelmäßig die Afrikaner in den umliegenden Ortschaften, vermittelte zwischen ihnen und ihrer Herrschaft, zog Erkundigungen ein über den Verbleib ihrer Angehörigen und reiste mehrmals in den Norden, um ihnen Nachricht von ihren Verwandten zu bringen. Es tat mir gut, mich um diese Menschen zu kümmern, auch wenn es mich niederdrückte und oft auch zornig machte, wenn ich sah, wie unwürdig die Christen ihre Sklaven behandelten. Manche hielten sie nicht besser als ihre Haustiere, und daran hat sich bis heute nicht viel geändert. Portugals Felder sind voll von schwarzen Arbeitern, Lanzarotes Sklavenmarkt vor den Toren von Lagos war nur der Auftakt für einen schwunghaften Handel, und ich beobachte dieses Treiben mit Abscheu. Da mochte es gut und richtig erscheinen, wenn Henrique einen Afrikaner zum Priester ausbilden ließ, er bewies damit, dass wir Menschen sind genau wie sie, doch zu welchem Preis. Das Volk nimmt von diesen Dingen ohnehin kaum Notiz. Die meisten sind nur daran interessiert, sich so rasch wie möglich an diesem Handel zu bereichern. Henrique hielt sich in Tomar oder Lissabon auf, und der Handel mit Sklaven aus Afrika blühte. Die Nachricht, dass Tristão auf einer seiner Reisen südlich des Cabo Verde bei einer Auseinandersetzung mit Eingeborenen von einem Giftpfeil tödlich getroffen wurde, bereitete mir nicht die Genugtuung, die ich erwartet hatte. Afrika schlägt zurück, dachte ich, nicht alle stehen wie verzaubert am Strand und lassen mit sich geschehen, was diesen Eroberern einfällt. Auch Gonçalvo da Sintra kam bei einer seiner Reisen ums Leben, erschlagen von den Mauren, doch es kamen immer neue Seefahrer, die die Gier nach Afrika trieb.

Es gab auch andere, wenige Ausnahmen, die das Abenteuer lockte und die begierig waren, Neues zu sehen. Ich hörte von einem, João Fernandes war sein Name, ein Schildknappe von vielleicht siebzehn Jahren, der mit Gil Eannes hinunterfuhr. Als sie an der Küste kurz vor dem Cabo Branco auf einen maurischen Clan trafen, und – auf Henriques Geheiß – mit ihnen friedlich verhandelten, da beschloss dieser junge Mann, eine bestimmte Zeit bei den Mauren zu bleiben. Ich konnte es kaum glauben, und als er ein gutes Jahr später auf einem anderen Schiff nach Portugal zurückkam, sprach man lange von nichts anderem als von diesem mutigen Jüngling. Domenico, mein Abt, drängte mich geradezu, meinen Feuerturm für eine Weile zu verlassen, um João zu treffen und Neuigkeiten aus meiner Heimat zu hören, doch ich wollte nicht. Wollte weder von der Wüste hören und meine alten Wunden aufreißen, noch wollte ich in Henriques Nähe zurückkehren, der den jungen Abenteurer mit Ehren überhäufte und in seiner Nähe behielt. Mir kam aber zu Ohren, er sei bis ins Innere der Wüste gereist, auch mit Karawanen der Imajaghen, und habe sogar Freundschaft mit Fürsten der Wüste geschlossen. Das alles schien mir unwahrscheinlich, die Prahlerei eines Abenteurers oder eine Übertreibung, wie sie durch das Weitererzählen entstehen.

Und ich vergaß João Fernandes wieder und sein Jahr

in der Wüste, ich hatte meinen Platz gefunden, so dachte ich, das Feuer brannte bei Tag und bei Nacht, und Sebastião fand ein wenig Ruhe.

Dann starb Henriques Beichtvater, und der Dom ließ mich zu sich rufen.

Sieben Jahre waren vergangen, seit Idrisa dort in der Wüste gestorben war. Meine Füße waren durchs Feuer gegangen, die Fußsohlen vom heißen Sand verbrannt, als sie mich damals fanden. Die Haut ging in Brandblasen auf und löste sich, während ich auf dem Schiff lag, bis das pure Fleisch offen lag. Es dauerte Wochen, bis meine Füße endlich verheilt waren, die Haut bildete sich neu, und doch habe ich damals meine Leichtigkeit im Gehen verloren. Die Narben schmerzen noch heute, und Gänge länger als drei oder vier Stunden sind nicht mehr möglich.

So ritt ich auf einem Esel, wie einst Franziskus, und erreichte im Herbst des Jahres 1448 Tomar. Achtundzwanzig Jahre waren vergangen, seit ich hier das Sakrament der Taufe empfangen hatte. Damals war ich ein ahnungsloser Narr, dachte ich, und was bin ich heute? Ein närrischer Mönch, der immer noch am Gängelband seines Herren tanzt.

Doch noch viel närrischer erschien mir, was ich bei Hofe antraf. Gerüchte hinter vorgehaltener Hand, scharenweise herausgeputzte Laffen, einen siebzehnjährigen König, um den ständig jemand herumschlich, um ihm etwas in die Ohren zu flüstern.

Henrique empfing mich voller Freude. Du bist ein Stück Heimat für mich, sagte er zu mir, erzähl mir, wie geht es da unten am Cabo São Vicente, und für eine Weile beschwor er die alten Zeiten herauf, als ich noch ein Junge war und er mir die Welt erklärte. Wir gingen gemeinsam auf die Jagd, auch wenn ich ihn diesmal nur begleitete, das Töten von Tieren entspricht nicht Franziskus' Geist. So hatte ich Zeit, ihn zu beobachten, er war gealtert in den vergangenen Jahren, doch noch immer hatte er eine ruhige Hand, und fast jeder seiner Schüsse traf.

Es sind schwierige Zeiten, Sebastião, sagte er beim Heimreiten. Wie gern würde ich wieder an die Algarve zurückkehren. Diese Streitereien müssen ein Ende nehmen, so oder so.

Ich war erleichtert, ihn so freundlich anzutreffen. Ich wurde sein Beichtvater, und es schien mir nach all der Zeit unwahrscheinlich, dass er etwas anderes in mir sehen würde. Dennoch verschloss ich meine Kammer. Und trotz Henriques großer Freundlichkeit sehnte ich mich bald in meine Abgeschiedenheit zurück, auf meinen Feuerturm mit dem Raben, mir schwirrte der Kopf von all dem endlosen Gerede der Höflinge, die die Atmosphäre vergifteten.

Aus dem Zwist zwischen Alfonso, seinen Beratern und Dom Pedro war inzwischen offener Streit geworden. Es ging wie immer um Macht, und zwei Parteien stritten um ihren Einfluss auf den jungen König. Henriques Rolle schien die eines Vermittlers, mal traf er sich mit seinem Bruder, dann wieder mit seinem Neffen, vergeblich wartete ich aber auf ein offenes, klärendes Wort von ihm. Wie einfach könnte es sein, dachte ich mehrmals während einer Unterredung mit Alfonso, diesen Jungen zu lenken, ihn zu versöhnen mit Dom Pedro, Henrique hatte einen großen Einfluss auf ihn, doch immer schwieg er in den entscheidenden Momenten.

Warum schlichtet Ihr diesen Streit nicht, fragte ich eines Abends, der König hört auf Euch. Und Euer Bruder auch.

Ich dachte an Dom Pedro und seine aufbrausende Art, sicherlich, auch er war besessen davon, Macht auszuüben, aber er war klug und würde jede Gelegenheit ergreifen, um den Frieden wiederherzustellen.

Mein lieber Sebastião, sagte Henrique, nimm mir die Beichte ab. Aber misch dich nicht in meine Politik ein.

Sollte ein Beichtvater nicht auch beraten?, fragte ich.

Wenn ich deinen Rat brauche, dann frage ich dich.

In jeder Familie gibt es Streit, dachte ich im Stillen, doch was soll werden, wenn davon die Politik eines Landes abhängt? Aber noch war ich sicher, dass sich die Wogen früher oder später glätten würden.

Die Wogen glätteten sich nicht, im Gegenteil, der Herzog von Braganza goss Öl in den schwelenden Streit und entfachte ein Feuer, dessen Flammen hoch schlugen, und wie in den Tagen der Besiedelung von Madeira waren sie nicht mehr zu bezwingen. Er verbreitete das ungeheuerliche Gerücht, Dom Pedro habe die Königin vergiftet, und nicht nur sie, sondern auch König Duarte vor fast zehn Jahren. Um diese Geschichte glaubwürdig erscheinen zu lassen, schreckte er vor nichts zurück. Er bestach Diener, die gegen ihren eigenen Herrn aussagten, und bezahlte einen Apotheker, der behauptete, Pedro ein teures Gift aus dem Ausland besorgt zu haben. Und das Schlimmste war: Alfonso glaubte ihm.

Was lange als Meinungsverschiedenheit, dann als offener Streit im Hause Avis geschwelt hatte, erhielt nun eine neue, ja, kriegerische Dimension. Dom Pedro zog sich mit seinen Anhängern auf seinen Landsitz zurück, und der König sammelte ein Heer, um gegen ihn ins Feld zu ziehen.

Ich konnte es noch immer nicht fassen.

Er ist Euer Onkel, sagte ich eines Tages, als Henrique in meiner Begleitung mit dem König einen Spaziergang um die Stadtmauer von Tomar unternahm. Die Hofschranzen erstarrten.

Er ist ein Mörder, antwortete Alfonso heftig. Ich habe nur zwei Onkel: Der eine heißt Henrique und der andere João.

Henrique sagte nichts zu mir an jenem Abend. Sein Lächeln war messerscharf, und erst, als wir allein waren, fragte er, warum verschließt du deine Kammer?

Ich bin zu alt für diese Dinge, sagte ich, sicher findet sich unter den Sklaven aus Afrika der eine oder andere hübsche Junge.

Da schlug er mich. Ins Gesicht. Mit seiner kurzen Reitpeitsche, die er nun immer bei sich trug. Die Narbe läuft quer über mein Gesicht, fein wie ein Federstrich, der etwas Geschriebenes durchstreicht.

Du redest zu viel, sagte Henrique. Es wird Zeit, dass du schweigen lernst. Und allein in meiner Kammer holte ich wieder einmal das Geschenk des Berbers aus seinem Versteck und wog es in der Hand. Doch noch immer wusste ich nicht, wem es eigentlich galt.

So rüstete Alfonso ein Heer gegen seinen Onkel. Und Henrique? Wen würde er unterstützen? Ich war mir sicher, er würde sich heraushalten. Vor die Wahl gestellt, gegen seinen Bruder oder lieber gegen seinen Neffen in den Kampf zu ziehen, gibt es keine Alternative zur Neutralität, dachte ich. Henrique liebte beide, Dom Pedro hatte ihn in den vergangenen Jahren mit Gunstbezeichnungen überhäuft, und Alfonso bewunderte ihn grenzenlos.

Doch ich sollte mich wieder einmal irren.

Wir müssen mit der Zukunft reiten, sagte Henrique. Und machte sich bereit, an König Alfonsos Seite gegen seinen eigenen Bruder in den Krieg zu ziehen.

Es war der 20. Mai 1449. Die Truppen trafen auf einem Feld in der Nähe von Alfarrobeiro aufeinander. Als einer der Ersten wurde Pedro von einem Armbrustpfeil tödlich getroffen. Der König feierte dies als ein göttliches Zeichen für die Rechtmäßigkeit seines Handelns.

Henrique war mit der Zukunft geritten. Alfonso sollte ihm bis zu seinem Tod gewähren, worum auch immer er bat. Seiner Liebe zu Afrika hatte er nun den zweiten Bruder geopfert. Henrique kehrte an die Algarve zurück, und die Ära seiner Entdeckungen ging einem neuen Höhepunkt entgegen.

# 12

Henrique legte die Beichte ab, und ausgerechnet ich erteilte ihm die Absolution. Wenn ihm sein Gott auch verzeihen mochte, in meinem Herzen wuchs der Hass wie ein kleines, böses Tier. Und doch nahm Henriques gewinnende Art mich immer wieder für ihn ein, ja, entgegen aller Vernunft liebte ich diesen unberechenbaren Mann, er war mir Vater und Bruder und Geliebter gewesen, die Liebenswürdigkeit unter seiner rauen Schale zog mich wie alle anderen, die ihn kannten, in seinen Bann. Konnte ich ihm böse sein? Ich konnte, und ich konnte nicht. Und je seltener ich mich gegen seinen Willen stellte, desto mehr litt mein Stolz, und ich wusste nicht mehr, wen ich mehr hasste: mich oder ihn.

Stolz und Unbeugsamkeit, das sind deine größten Laster, sagte Frão Domenico zu mir, wie oft? Ich weiß es nicht mehr. Und er hatte Recht. Auch wenn man es dem Mönch Frão Sebastião nicht ansehen kann, ist mein Stolz so fest mit mir verwachsen wie meine zimtfarbene Haut. Das Wort Imajaghen bedeutet »Freie Menschen«, und die Macht, die Henrique über mich besaß, zeigte mir jeden Tag aufs Neue, wie tief ich gesunken war. Khadas Sohn ist ein Sklave geworden, Henriques Handlanger und der Anhänger einer Religion, die ihn nie wirklich überzeugte. Ich habe nie verstanden, warum in der Gegenwart des Dom alles, was er tat und sagte, gut und recht erschien, und erst in meiner Kammer die Zweifel kamen, dann Ablehnung und Zorn. Ich war ihm ausgeliefert, und diese Erkenntnis schmerzte mehr als meine Füße beim Wandern oder die Erinnerung an die missglückte Heimkehr in die Wüste.

Wir zogen zurück in die Villa Terzanabal, und endlich konnte Henrique wieder seine Seeleute um sich scharen. Einmal mehr versuchte er ihnen klar zu machen, dass er nicht daran interessiert war, sich ein afrikanisches Volk nach dem anderen zu Feinden zu machen.

Wir müssen mit ihnen in Kontakt kommen, mit ihnen reden, Vertrauen gewinnen und Handel treiben. Aber noch wichtiger ist es, endlich ins afrikanische Hinterland vorzustoßen. Stützpunkte wie die Inseln von Arguim sind unverzichtbar, aber wenn wir in unseren Tagen noch den Priesterkönig Johannes finden wollen, dann müssen wir mehr tun, als kurz an Land gehen, rauben und plündern und verbrannte Erde hinterlassen.

Ich weiß, sagte er geduldig, dass ihr unzählige Mühen auf euch nehmt und dafür belohnt sein wollt. Aber glaubt mir: wenn ihr auf Sklaven und Raubzüge verzichtet, dann werde ich euch noch viel reicher belohnen.

Er bildete verschiedene Gruppen: Die einen, die er für geeignet hielt, Verhandlungen mit den Afrikanern aufzunehmen, schickte er die afrikanische Küste hinunter. Andere sandte er auf Kriegsschiffen zu den Kanaren, um den Kastiliern endlich diese Inseln zu entreißen.

Seine Strategie ging auf, wenigstens, was Afrika anbelangte. Er begann, Kaufleute auf den Schiffen mitzuschicken, die weit geübter darin sind, Beziehungen zu knüpfen, als die portugiesischen Ritter. Und bald fanden höchst wunderbare und seltene Dinge den Weg nach Portugal, die gegen billige Waren getauscht worden waren. Darunter befanden sich für die Portugiesen fremdartige Tiere wie Affen, Papageien und viele andere bunte Vögel, die bald in keinem vornehmen Haushalt fehlen durften. Auch herrlich gewobene Stoffe, Felle von wilden Katzen, Elefantenzähne, Zibetöl und sogar ansehnliche Mengen des ersehnten Goldes brachten die Schiffe. Aber von einem Priesterkönig Johannes gab cs immer noch keine Nachricht.

Im folgenden Jahr sollte Henriques Aufmerksamkeit in eine ganz neue Richtung gelenkt werden. Die Türken eroberten Konstantinopel und damit fiel die Hauptstadt der Ostkirche in die Hand der Ungläubigen. Während mein Dom auf dieser südwestlichsten Seite der christlichen Welt den Vormarsch des Islam in Schach zu halten versuchte, rückten die Heiden von Osten heran. Die Nachricht lief wie eine Welle des Schreckens durch die Länder der Christenheit. Papst Calixtus III. beschwor ihre Monarchen, nicht tatenlos zuzusehen. Wenn die Türken bis Konstantinopel gelangt waren, wer konnte wissen, ob sie nicht weiter nach Westen vorstoßen würden? Ein gemeinsamer Kreuzzug gegen die Osmanen, um Konstantinopel zu befreien, das war es, was von England bis Portugal, von Flandern bis in das südlichste Fürstentum der italienischen Halbinsel diskutiert wurde. Es erscheint seltsam, dass ausgerechnet Portugal, dieses kleine Land am Rande der christlichen Welt, unter den wenigen war, die sich ohne Wenn und Aber bereit erklärten, dem päpstlichen Aufruf zu folgen, und zwölftausend Mann bereitstellen wollte. Einmal mehr erhob Alfonso eine Kreuzfahrtsteuer und ließ aus afrikanischem Gold eine Münze prägen, den *cruzado*, der heute noch im Umlauf ist. Der junge König war ganz erfüllt von der Vorstellung, bei diesem großen Feldzug eine wichtige Rolle zu spielen, doch als Calixtus III. starb, zerschlugen sich die Kreuzzugspläne.

Nun, wohin mit all der gesammelten Energie? Wohin mit dem erhobenen Geld, wohin die aufgebotenen Truppen lenken? Henrique war ohnehin schon immer der Meinung gewesen, dass es Portugals Aufgabe war, den Maghreb vom Islam zu säubern, statt Tausende von Meilen ostwärts seine Kräfte zu vergeuden, und so fiel es ihm leicht, Alfonso von einem erneuten Zug gegen die Kalifen zu überzeugen, die ihn zwanzig Jahre zuvor so schmählich gedemütigt hatten. Zu gerne wäre er gegen Tanger gezogen – um den Tod Fernãos zu rächen, wie er behauptete –, doch Alfonso und seine Berater hielten die Stadt für uneinnehmbar, und schließlich einigte man sich auf das zwischen Ceuta und Tanger gelegene Alcacer Ceguer. Es gab gute Gründe, dort einen christlichen Pflock einzuschlagen: Von dort aus trieben die muslimischen Piraten ihr Unwesen, außerdem war Alcacer Ceguer das Zentrum der marokkanischen Textilerzeugung.

Und Henrique verfolgte noch viel weitreichendere Pläne.

Zuerst sprach er nicht mit mir darüber. Aber ich kannte ihn gut genug, um zu bemerken, dass ihn etwas umtrieb, etwas, das ihm noch wichtiger erschien als dieser Feldzug. Ich fand mein Buch *De Deserto Africano* auf seinem Lesepult, und als ich darin blätterte, sah ich, dass er bestimmte Stellen angestrichen und hier und da kurze Kommentare an den Rand geschrieben hatte. Ich las: »Von hier aus Karawanenweg nach Süden« und an einer anderen Stelle: »Stoßtrupp João«. Dann fand ich noch einige Oasen und Brunnen, die ich damals in die Karten eingezeichnet hatte, mit roter Tinte umrahmt. Und von Ceuta und Alcacer Ceguer waren gestrichelte Linien in Richtung Süden gezogen, bis zu den Handelsorten, wo die Karawanen ihre Waren umzuschlagen pflegten. Was in Gottes Namen hat er vor, fragte ich mich. Wollte er zuerst die Piratenstadt einnehmen und dann mit seinen zwölftausend Mann in die Wüste marschieren? Welchen Sinn sollte das ergeben?

Ich hatte keine Zeit, darüber nachzudenken. Henrique bereitete den Feldzug vor und schickte mir meine Imajaghen-Kleider. Nein, bat ich ihn, lasst mich hier, ich bin zu alt zum Kämpfen. Meine Gelübde verbieten mir, die Waffen zu führen, doch Henrique lachte nur.

Willst du dem Großmeister des Christusordens erklären, was die Kirche erlaubt und was nicht? Es ist ein heiliger Krieg, das weißt du genau, und jeder Christ, erst recht jeder Mönch, hat die Order des Papstes, zu den Waffen zu greifen. Und was dein Alter anbelangt, schau mich an. Ich bin zwölf Jahre älter als du. Ich brauche dich, Sebastião, also, mach dich bereit.

Was blieb mir anderes übrig? Ja, ich bin schwach, ich gestehe es ein, ich hasste mich und Henrique, aber ich war zu schwach, um einfach vom Hof zu verschwinden und unterzutauchen, wie oft habe ich erwogen, mich in den Norden durchzuschlagen und sogar nach Kastilien oder noch weiter, aber zum einen ist meine Erscheinung so auffällig, dass es ein Leichtes ist, mich ausfindig zu machen, zum anderen reise ich nicht mehr so leicht wie in meiner Jugend, und selbst damals fingen sie mich ein, also blieb ich und rüstete mich für diese Schlacht, aber ich brachte es nicht über mich, die Kleider des Imajaghen, der ich nicht mehr war, zu tragen. Ich behielt meine Franziskanerkutte, und das Einzige, was ich akzeptierte, war ein aus eisernen Maschen geschmiedetes Kettenhemd.

Es war schnell vorüber. Unser Angriff kam für die Bewohner von Alcacer Ceguer vollkommen überraschend. Henrique ging als einer der Ersten an Land, und ich blieb an seiner Seite, immer darauf bedacht, ihn zu schützen. Auf mich achtete ich nicht, und heute denke ich, im Grunde wäre ich glücklich gewesen, von einem feindlichen Speer getroffen zu werden. Doch der Tod machte einmal mehr einen Bogen um mich, er war anderswo zu beschäftigt. Nachdem die erste Gegenwehr niedergerungen war, ergab sich die Stadt. Und Henrique hisste die Fahne mit dem Kreuz über der Festung.

Ich, Sebastião der Afrikaner, Franziskaner im Kloster am Cabo del Corvo, bin müde. All die Bilder, heraufbeschworen aus den Tiefen der Erinnerung, sie machen mein Herz bitter und mein Gemüt schwer. Azurara hat seine Chronik beendet, ich habe sie gelesen, darin findet sich nichts von Kindern mit abgeschlagenen Köpfen, Müttern mit aufgeschlitzten Bäuchen, kein Wort von geschändeten Moscheen und brennenden Bibliotheken. Viel Ruhm und Ehre für Henrique, der sein Leben für die Errettung so vieler verlorener Seelen gab. Viel Lob für jene, die die Bewohner Afrikas in die Sklaverei verschleppten. Ich war der Erste, und wenn ich auch im Vergleich zu jenen, die nach mir kamen, unendlich viele Privilegien genoss, so bin ich doch seit jenem Tag meiner Entführung nichts anderes als ein Sklave gewesen. Und meine Folter ist die Zerrissenheit zwischen diesen beiden Kontinenten, zwischen zwei möglichen Leben, von denen ich keines wirklich leben konnte.

Doch ich muss beenden, was ich vor so vielen Wochen zu erzählen begann. Denn nur ich kenne die Wahrheit, und ich will sie nicht mit ins Grab nehmen. Die Welt soll wissen, was wirklich geschah, soll sich selbst ein Urteil bilden, und wenn eines Tages ein Zeitalter anbricht, in dem die Menschen denken wie Khada, mein Vater, der seinen Gott in sich selbst suchte und fand, der die Religionen anderer respektierte, solange sie nicht versuchten, sie ihm aufzuzwingen, der jeden Menschen als ein Geschenk seines Gottes sah und annahm, solange er selbst respektiert wurde als der, der er war, Khada, berühmtester *madugu* der Kel Kres – dann werden die, die diese Zeilen lesen, vielleicht verstehen, warum ich tun musste, was ich tat. Es gibt Menschen, die verändern das Antlitz der Erde, doch wehe, sie treten über die Grenzen der Menschlichkeit, denn sind nicht auch wir nur Gäste auf dieser Erde und tragen Verantwortung für die, die nach uns kommen? Keine Karawane, und sei sie auch noch so groß und durstig, trinkt einen Brunnen leer bis auf den Grund, doch hier, in dieser anderen Welt, führen sich die Menschen auf, als seien sie die Herren über das Universum. So wie Henrique. Er wollte Afrika unterwerfen seiner Schätze wegen, dann wollte er weiter, nach Indien, in die neue Welt im Westen, und wenn er gekonnt hätte, er hätte auch nach den Sternen und dem Mond gegriffen.

Doch seine Zeit war um.

Er wollte seinen heiligen Krieg in die Wüste tragen. Mit der Hilfe von João Fernandes, dem Jungen, der ein Jahr in der Wüste gelebt hatte, plante er, sich mit den Imajaghen der nördlichen *tinariouin* zu verbünden. João hatte Adahu und die Clanführer der Kel Aijjer und Kel Ahaggar getroffen, ihnen von dem mächtigen Herrn jenseits des Meeres erzählt und ihren Hass gegen die Anhänger Mohammeds geschürt. Gemeinsam, so redete er ihnen ein, würden sie die Kalifen und Almoraviden aus Afrika vertreiben. Dann würden die Aijjer und Ahaggar sich das fruchtbare Land nördlich der Wüste bis zur Küste hin teilen. Die Legende sagt ohnehin, dass die Imajaghen früher die Herrscher über das gesamte nördliche Afrika waren, bis von Osten die Berber kamen und die Blauen Reiter in die Wüste zurückdrängten.

Nun begann ich zu begreifen, was die Randnotizen und Anmerkungen in meinem Buch bedeuteten. Wie naiv war ich gewesen. All mein Wissen über die Wüste und ihre Wege, über die Völker und Handelsgewohnheiten, und was das Wertvollste war, die Kenntnis der Wasserstellen, ohne die niemand in der Wüste reisen kann, hatte ich ihm offen gelegt. Nun fiel es mir wie Schuppen von den Augen: Ich hatte mein Volk verraten. Mein Volk und die Wüste.

Warum habt Ihr nie mit mir darüber gesprochen?, fragte ich Henrique. Da stand bereits der Zeitpunkt fest für die Invasion, so geheim diese Operation auch war. Ein Schiff, beladen mit Waffen und Pferden, war unter der Führung João Fernandes' unterwegs zu den Kel Aijjer und Kel Ahaggar.

Warum habt Ihr mich nicht ins Vertrauen gezogen?

Henrique schwieg eine Weile. Dann lächelte er.

João ist Portugiese, sagte er dann. Und du wirst immer ein Afrikaner bleiben. Dein Herz ist zerrissen, aber seines gehört ganz und gar mir. Außerdem bist du zu alt, fügte er hinzu. Die Wüste will dich nicht mehr. Sonst wärst du nicht zurückgekommen, damals. Hab ich nicht Recht?

Da erwachte der Hass wieder in mir, dieser finstere Bruder der Liebe, ja, dachte ich, er hat Recht, wie immer, ich bin und bleibe Afrikaner, und darum werde ich nicht zulassen, dass der Schatten des Kreuzes auch auf die Reiche der Wüste fällt.

Gott schuf die Wüste, um einen Ort zu haben, an dem er allein sein kann. So soll es bleiben. Die Invasion fand niemals statt. Nach einer kurzen, unbedeutenden Krankheit verstarb unser Herr Henrique, genannt der Seefahrer, am 13. November des Jahres 1460. Ein Tropfen, hatte der Berber gesagt, in den Becher, und du schläfst einen ewigen Schlaf. Sein Geschenk hatte endlich seine Mission erfüllt.

Noch nicht ganz.

Ehe ich hierher kam, wusste ich nicht, was Sünde ist. Heute kenne ich meine Schuld. Ich werde das Gewand des Franziskaners ablegen, das hölzerne Kreuz und den Rosenkranz des Pilgers an den Nagel über meinem Bett hängen. Ein letztes Mal knie ich nieder und bitte den Gott der Christen um Vergebung. Dann kleide ich mich in Idrisas blaue Gewänder und schlinge den *tagelmoust* um mein Haupt. Ich lege mich auf mein Lager und kreuze beide Hände über meiner Brust. Darunter der silberne Dolch meiner Väter. Mögen die Inschriften mich vor den Kel Essouf beschützen, wenn der Schlaf kommt. Das Einzige, was ich bedauere, ist, keinen Sohn zu haben, an den ich den Dolch weitergeben kann. Doch dieses Bedauern währt kurz. Ich schließe die Augen und suche meinen Gott in mir. Und vertraue darauf, dass er meine Seele sicher in die Heimat trägt, die ich auf Erden nicht fand.

# Dank

Der erste Entwurf für dieses Buch entstand während meines Aufenthaltes in der Schriftstellerkolonie Ledig-House in Art/Omi, New York, USA, im Sommer 2003. Ich danke Viktor Niemann und Ingeborg Rose, die mich für dieses Stipendium empfahlen, außerdem David Knowles und Benjamin Anastas und allen Mitarbeitern des Ledig-House für die fantastischen Arbeitsbedingungen, ohne die *Der Nomade* niemals hätte entstehen können.

# Glossar

*ahlahal*
Tamasheq für die Farbe Blau

*alechu*
Schleier der Targia, der Tuareg-Frauen, der das Haar bedeckt, aber das Gesicht freilässt

*akerbey*
Weite Hose, am Bund mit Kordelzug, an den Knöcheln enger werdend. Aus dem selben Stoff genäht wie der *tekamist*

*cruzios*
Mitglieder des Kreuzritterordens

*madugu*
Führer einer Karawane

*mehari*
Edles Kamel

*tagelmoust*
Bis zu 5 m langes, ca. 40 cm breites indigofarbenes Baumwolltuch, das sich die Imajaghen um Kopf und Gesicht binden

*tekamist*
Hemdartiges Obergewand der Tuareg, fällt gerade hinunter bis über die Knie

*telek*
Armdolch

*tenere*
Tamasheq für Wüste. Wörtliche Bedeutung: »das weite, leere Land«

*tinariouin*
Mehrzahl für tenere: »die weiten, leeren Lande«

*zwyia*
Korangelehrte, die im islamischen Mauretanien des Mittelalters eine Oberschicht bildeten